KLARAS GESCHICHTE

Erzählt von Clare Parker

Mit Bleistiftzeichnungen von Moshe Teller
Aus dem Englischen von Jacqueline Csuss

AF191935

Mauthausen-Erinnerungen.
Schriftenreihe der KZ-Gedenkstätte Mauthausen
Band 1

Herausgeber
Bundesministerium für Inneres

Mitherausgeber und Redaktion
Christian Dürr, Ralf Lechner

Übersetzung aus dem Englischen
Jacqueline Csuss

Illustrationen
Moshe Teller

Korrektorat
Brigitte Fuchs

Grafik
Rainer Dempf / Nina Danklmaier

Herstellung
Books on Demand GmbH, Norderstedt

Verlag
Bundesministerium für Inneres, Abteilung IV/7
Postfach 100, A-1014 Wien
mauthausen-memorial@mail.bmi.gv.at
http://www.mauthausen-memorial.at/

Clare Parker: Klaras Geschichte. –
Wien: Bundesministerium für Inneres, 2006
(Mauthausen-Erinnerungen. Schriftenreihe der KZ-Gedenkstätte
Mauthausen; Band 1)

ISBN: 3-9500867-6-5

Clare Parker

Klaras Geschichte

ZUR SCHRIFTENREIHE
„MAUTHAUSEN-ERINNERUNGEN"

Parallel zu den „Mauthausen-Studien" widmet sich nunmehr eine weitere, vom Bundesministerium für Inneres herausgegebene Schriftenreihe der Geschichte des Konzentrationslagers Mauthausen. Im Rahmen der „Mauthausen-Erinnerungen" sollen Berichte ehemaliger Häftlinge des Konzentrationslagers Mauthausen sowie seiner Außenlager veröffentlicht werden.

Die „Mauthausen-Studien" waren prinzipiell auf die wissenschaftliche Auseinandersetzung mit der Geschichte des Konzentrationslagers Mauthausen hin ausgerichtet und deckten somit nur zu einem Teil die Zielsetzung der Verbreitung des Wissens um das Konzentrationslager Mauthausen ab. Die in der Initiative zur Reform der KZ-Gedenkstätte Mauthausen definierte Hauptzielgruppe der Jugendlichen wird durch die Texte wissenschaftlichen Charakters wohl nur in geringem Ausmaß erreicht.

Zeugenberichte unterscheiden sich dem Charakter nach grundsätzlich von wissenschaftlichen Texten. Zwar mögen Erinnerungsberichte oftmals den Anspruch auf Darstellung historischer Faktizität erheben, ihre Aufgabe liegt aber nicht primär darin begründet. Zum einen liegt es im Wesen des menschlichen Erinnerungsvermögens, dass das vielfach mehrere Jahrzehnte Zurückliegende nur lückenhaft erinnert werden kann. Zum anderen verunmöglicht die begrenzte Perspektive der in die Lager Deportierten per se einen Überblick über das System Konzentrationslager. Nicht zuletzt lassen Traumatisierungen unter Umständen auch psychische Prozesse aktiv werden, die bedingen, dass das Zeugnis der Deportierten manches Mal a priori fragmentarisch sein muss. Vielfach wäre es wohl zu schmerzhaft, die Erinnerung an das Erlebte als das zu benennen, was es war.

Dessen eingedenk zeichnet viele Erinnerungsberichte aber eine besondere Qualität aus. Weit mehr als historisch abgesicherte Zahlen und Fakten leisten es die Berichte der Überlebenden, die Unmenschlichkeit des Lebens und Sterbens im Konzentrationslager zu vermitteln. Die Berichte ermöglichen die Teilhabe an dem subjektiv Erlebten, vor allem aber die

Teilnahme an den während und nach der Deportation durchlebten Emotionen. Letztlich ist es vor allem die Empathie, die es zu leisten im Stande ist, dass das Gedenken an die Opfer lebendig bleiben kann und somit die Spuren der Erinnerung nicht verlöschen.

In den letzten Jahren traten wiederholt Zeitzeugen mit dem Wunsch nach Publikation ihrer schriftlichen Erinnerungen an die KZ-Gedenkstätte heran, allesamt mit dem ausdrücklichen Impetus, in erster Linie Jugendliche ansprechen zu wollen. Diese Erinnerungsberichte waren auch allesamt wert, einem breiteren Publikum zugänglich gemacht zu werden. Mit der Reihe „Mauthausen-Erinnerungen" soll diesen Berichten Raum geboten werden.

Für die Herausgeber
Ralf Lechner

VORWORT DER HERAUSGEBER

„Der Lauf der Zeit kann die Geschehnisse und die Bilder, die sich in allen Einzelheiten in mein Gedächtnis eingebrannt haben, weder löschen noch ihnen ihre Schärfe nehmen: Sobald ich die Augen schließe, habe ich das Gefühl, als geschähe alles jetzt, und bis heute packen mich dabei ein Entsetzen und ein Schmerz, der so überwältigend ist, dass er sich nicht in Worte fassen lässt. "

Clare Parker

Der folgende Text ist die Lebensgeschichte Klara Hochhausers. Als die systematischen Diskriminierungen der Juden Ungarns einsetzten und in Verfolgung, Deportationen und Massenmord mündeten, war Klara noch ein Kind. Es war ihr damals unmöglich, die Bedeutung, das Ausmaß und die existenzielle Erschütterung der Ereignisse, von denen sie erfasst wurde, zu ermessen. Zudem war das Erlebte lange Zeit zu schmerzhaft, als dass sie sich später systematisch damit auseinandersetzen hätte können. Für Klara hat daher der Prozess der Aufarbeitung ihrer Vergangenheit erst sehr spät begonnen. 1977 erfuhr sie erstmals offiziell vom Tod ihrer Mutter im Konzentrationslager. Ein Interview, das sie für die Spielberg Shoah Foundation gab, war für sie Anlass, diesen Prozess zu intensivieren und ihre Lebensgeschichte niederzuschreiben. Die Schwierigkeit der Arbeit bestand nun vor allem darin, einerseits den tief eingebrannten persönlichen Erinnerungen Ausdruck zu verleihen. Andererseits mussten diese durch die Anreicherung mit historischen Fakten in den Zusammenhang einer Geschichte gebracht werden, ohne dass die Erinnerungen dadurch an Kraft verlieren oder durch diese Fakten überlagert würden. Da sie selbst das Erlebte nur vom Erfahrungshorizont eines Kindes aus berichten konnte, mussten die Fakten, die gewissermaßen den Rahmen für Klaras lebendige Erinnerung bilden sollten, erst durch mühsame Recherchearbeit zusammentragen werden.

1999 stellte Klara den Text fertig und veröffentlichte ihn in englischer Sprache im Eigenverlag. Dieser Band beinhaltet dessen direkte Übersetzung ins Deutsche. Es ist wichtig hervorzuheben, dass der Text weniger als endgültiges denn als vorläufiges Ergebnis eines Aufarbeitungsprozesses zu betrachten ist. Vor allen Dingen ist es nämlich der Prozess der Aufarbeitung selbst, der in ihm zum Ausdruck kommt. Was Klara zum Zeitpunkt der Erstveröffentlichung durch ihre Recherchen noch nicht herausgefunden hatte, ist, dass sie von Auschwitz aus nicht nach Mauthausen, sondern direkt in das Außenlager Lenzing im Ortsteil Pettighofen deportiert worden war. Alles, womit sie in ihrer Geschichte das Konzentrationslager Mauthausen beschreibt, entnimmt sie in Wahrheit ihren Erinnerungen an das Lager Lenzing/Pettighofen. Daneben enthält der Text weitere „historische Ungenauigkeiten", die sich auf verblasste Erinnerungen oder Recherchefehler zurückführen lassen: Etwa verwechselt Klara das Stammlager Auschwitz mit dem Vernichtungslagers Auschwitz-Birkenau, oder setzt den Zeitpunkt, ab dem ungarische Juden „Judensterne" tragen mussten, etwas zu früh an. Der Text ist eben nicht zu lesen wie ein Geschichtsbuch.

Für uns als Herausgeber war es zunächst schwierig, mit diesen Besonderheiten umzugehen. Am Ende war jedoch klar, dass diesbezügliche Änderungen im Text einen viel zu weitreichenden Eingriff darstellen und diesen seiner Unmittelbarkeit berauben würden. Da er weniger eine Nacherzählung von Ereignissen als direkter Ausdruck aktiven Erinnerns ist, besteht seine Einzigartigkeit in dem spezifische Bezug von (persönlicher) Vergangenheit und (persönlicher) Gegenwart. Die Vergangenheit hat in Klaras Gedächtnis Spuren hinterlassen, die sich nicht so leicht in andere, intelligible Formen übertragen lassen. In ihrem Text manifestiert sich daher ein Ringen um Erinnerung, das der Bedeutung der Vergangenheit und ihrer Fortexistenz in der Gegenwart auf den Grund zu gehen sucht. Selten wo sind Ereignisse mehr als 60 Jahre danach so lebendig und präsent wie in Klaras Geschichte. Es war uns wichtig, diese Einzigartigkeit zu erhalten.

Wichtig im Zusammenhang dieses Prozesses der Vergegenwärtigung der Vergangenheit ist auch die Auswahl der Bilder, die ausschließlich auf die Autorin selbst zurückgeht. Diese dienen nicht nur zur Illustration der im Text beschriebenen historischen Ereignisse, sondern ebenso wie der Text selbst dazu, verschwommene Erinnerung in das Bewusstsein zurückzuholen. Wichtiger als ihr objektiver Inhalt ist daher auch jeweils deren subjektive Bedeutung als Ausdruck persönlicher Erinnerungsbilder. Ohne diesen persönlichen Bezug verlören die Bilder selbst an Bedeutung. Das nachfolgende Vorwort von Moshe Teller geht näher auf diese spezifische

Bedeutung der Bilder ein. Von ihm stammen die Zeichnungen, die er gemeinsam mit Klara basierend auf ihren Erinnerungen anfertigte. Wir haben uns aus diesen Gründen, ungeachtet der Qualität und Herkunft der einzelnen Bilder, dazu entschlossen, jedes einzelne so zu übernehmen, wie es uns von der Autorin übergeben wurde. Da uns die Bilder zumeist nur als Kopien vorlagen, ist uns in den meisten Fällen auch ihr Ursprung unbekannt. Falls dadurch im einen oder anderen Fall Bildrechte verletzt worden sein sollten, bitten wir dafür im Voraus um Verständnis.

Diese Charakteristik des Textes, die Tatsache, dass er auf mehreren unterschiedlichen Ebenen gelesen werden kann, macht ihn für verschiedenste Leserschichten interessant, aufgrund der Erzählperspektive des Kindes bzw. der Jugendlichen besonders auch für junge Leser. Nicht zuletzt ist Klaras Geschichte aber ein eindringlicher Beleg dafür, dass die Vergangenheit auch mehr als sechs Jahrzehnte danach keineswegs als „aufgearbeitet" und „abgeschlossen" betrachtet werden kann.

Für die Herausgeber
Christian Dürr

VORWORT VON MOSHE TELLER

Klara wollte ihre Geschichte nicht nur mit Worten erzählen, sondern auch in Bildern. Die Kombination von Wort und Bild vermochte jedoch auch nur anzudeuten, was diesem Kind, das sich an der Schwelle zu seiner Jugend befand, an Unvorstellbarem widerfahren ist.

Klara war der Ansicht, die Illustration ihrer Erfahrungen würde dem geschriebenen Wort eine zusätzliche Dimension verleihen. Und obwohl sie selbst eine gute Zeichnerin ist, wählte sich mich aus, um ihre Geschichte „bildlich darzustellen".

Zuerst hatte ich Bedenken, denn wie um alles in der Welt sollte ich ihre Geschichte zeichnen? Klara wäre dafür weit besser befähigt gewesen: Es war ihre Erfahrung und zudem verfügte sie über die künstlerischen Fertigkeiten. Sie weigerte sich.

Es dauerte ziemlich lange, bis die Illustrationen anfingen, Gestalt anzunehmen. Ich musste zuerst die tiefere Bedeutung dieser Zusammenarbeit verstehen, etwas, dem auch Klara unbedingt auf den Grund gehen wollte.

In unseren vielen Gesprächen kristallisierte sich allmählich heraus, dass es Klaras Wunsch war, von mir auf einer metaphorischen und dennoch sehr lebendigen und schmerzlichen Reise begleitet zu werden. Sie nahm mich mit nach Ungarn, wo ich ihr Zuhause kennen lernte, ihren Eltern und ihrer Familie vorgestellt wurde und das Auto zu sehen bekam.

Sie zeigte mir ihr gesamtes Umfeld, so auch ihre Schule. Dann nahm sie mich mit in die Lager und bestand darauf, dass ich bis zu ihrer Befreiung bei ihr „bliebe". Ich musste dort bleiben und Zeuge des von ihr erlebten Grauens sein.

Klara wollte nicht allein in die Vergangenheit zurückkehren, jemand sollte mir ihr gehen, und sie wählte mich aus; aber wichtiger noch: Sie wollte stark sein und sie wollte die Reise überleben.

Die Illustrationen mussten auf den Strich genau sein. Erst wenn Klara ausrief: „Genau so ist es!", wusste ich, dass wir am Ziel waren und uns zur nächsten Etappe unserer Reise bis in die Gegenwart aufmachen konnten. Wir wiederholten die Etappen dieser Reise immer wieder, und Klara wurde von Mal zu Mal stärker.

Die Genauigkeit, mit der Klara die Illustrationen überwachte, hieß, dass jeder Strich, der aus dem Kontext herausfiel, nicht mehr IHR Holo-

13

Nach den Erinnerungen Clare Parkers / Klara Hochhausers rekonstruierte Darstellung des Mauthausener Außenlagers Lenzing, wo sie von November 1944 bis Mai 1945 inhaftiert war.

MAIN BUILDING

caust war, sondern der jemand anderes, und daher so lange angepasst werden musste, bis er ihrer Erfahrung gerecht wurde.

Indem wir diese Reise gemeinsam überlebten, wurde es Klara möglich, ihre unter extremsten Bedingungen gemachten Erfahrungen so anschaulich, unmittelbar und ehrlich zu berichten.

EINLEITUNG

Was folgt, ist eine Dokumentation. Tatsachen. Geschichte. Als Zeitzeugin und Überlebende sehe ich es als meine Pflicht an, im Namen der Millionen Ermordeten, die keine Stimme haben, alles zu berichten, was mir widerfahren ist.

Diese Menschen kämpften in keinem Bürgerkrieg.
Sie starben auf keinem Schlachtfeld.
Sie waren in keinen Konflikt verwickelt.
Sie wurden gejagt wie Freiwild, in jeder Stadt, in jedem Land.
Sie wurden systematisch ermordet.
Dafür gibt es keinen Vergleich in der Geschichte.

Die Geschichte, die ich zu erzählen habe, wird kurz sein, so kurz wie möglich. Seite für Seite, Zeile für Zeile und Wort für Wort will ich euch von Ereignissen erzählen, wie sie geschehen und bis heute in mein Gedächtnis eingebrannt sind, als wären sie gestern passiert.

Klara

DIE SCHULZEIT

Wir kehren in die Vergangenheit zurück. Es ist das Jahr 1942. Wir befinden uns in Pesterzsébet, einem Vorort von Budapest, der Hauptstadt Ungarns. Mein Name ist Klara. Ich werde demnächst elf. Meine Volksschule ist ganz in unserer Nähe. Wir haben sehr strenge Lehrer. Im Unterricht darf kein Wort gesprochen werden, außer wenn wir eine Frage der Lehrerin beantworten sollen. Wir müssen kerzengerade dasitzen, die Arme hinter dem Rücken verschränkt und die Handflächen gegen die Lehne der Bank gedrückt. In meiner Klasse sind vierzig Schüler. Die Bänke sind in zwei Reihen aufgestellt mit jeweils zwei Schülern in einer Bank. An der Wand hängt ein großes Kreuz und auf dem Lehrertisch liegt ein Rohrstock. Wer auch nur einen Mucks macht, wird auf der Stelle bestraft. Ein Mädchen erhält mehrere Hiebe auf die Handflächen, ein Junge muss sich vorbeugen und bekommt die Schläge auf sein Hinterteil.

Meine Schule ist eine große staatliche Volksschule, keine konfessionelle, da aber Ungarn ein katholisches Land ist, sind alle Schüler katholisch. Außer mir. Und obwohl ich das einzige jüdische Kind in der Klasse bin, weiß niemand davon, bis die Lehrerin eines Tages verkündet, ein Priester würde der Klasse Religionsunterricht erteilen und ich solle mich für die Dauer der Stunde auf den Gang stellen. Es ist Winter und sehr kalt. Überall liegt hoher Schnee. Im Schulgebäude werden nur die Holzöfen in den Klassenzimmern geheizt, weshalb es auf dem Flur genauso kalt ist wie draußen. Mir bleibt nichts anderes übrig, als schlotternd und still am Fenster zu stehen und auf den Schnee zu starren.

Es herrscht strenge Disziplin und sogar auf dem Spielplatz wird von uns tadelloses Benehmen erwartet. Doch von diesem Tag an verspotten mich die anderen Kinder und beschimpfen mich als „vieräugige Drecksjüdin" (wegen meiner Brille). Obwohl mich das sehr kränkt und verstört, erwähne ich daheim kein Wort.

In der Schule sind wir von acht bis zwölf. Danach haben wir eine Menge Hausaufgaben. Das Fernsehen ist noch nicht erfunden. Die Kinder verbringen ihre Zeit mit Bastel- und Handarbeiten, sie nähen und lesen Bücher. Ich zeichne Kleider und Mäntel, lerne Stickerei und beschäftige mich mit allem möglichen. Wenn ich groß bin, träume ich, möchte

Mein Klassenzimmer bis zum 11. Lebensjahr.

Unser Innenhof: Oben die Werkstatt meines Vaters, sein Auto und sein Fahrrad. Unsere Wohnung befand sich in der linken Ecke der Zeichnung.

21

ich Modezeichnerin werden.

Einmal in der Woche gehe ich nach der Schule in die Synagoge und lerne in der Studierstube das hebräische Alphabet. Es wird uns gerade genug beigebracht, damit wir die Gebetsbücher lesen können. Hebräisch wurde damals noch nicht als lebende Sprache unterrichtet. Man sagte uns aber, unsere Vorväter im alten Israel hätten Hebräisch gesprochen und alle Juden seien ursprünglich von dort gekommen und dass wir die Geschichte unserer Ahnen und die Sprache der Gebete lernen müssten.

Bevor wir in die nächste Schulstufe aufsteigen, müssen wir Formulare ausfüllen und neben anderen Dingen auch unsere Staatsbürgerschaft und unsere Religionszugehörigkeit angeben. Meine Lehrerin kommt mit meinem Formular zurück und teilt mir mit, dass ich als Jüdin keine Ungarin sein könne. Sie hat „Ungarisch" durchgestrichen und „Israelitisch" hingeschrieben.

Ich begreife nicht sofort, dass man mir wegen meiner Religion die Staatsangehörigkeit des Landes verweigert, in dem ich doch geboren bin. Stattdessen platzt es aus mir heraus:

„Oh, woher wissen Sie von Israel? Ich dachte, nur Juden lernen ..."

„Wirst du still sein!", fährt sie mich an. „Sprich nicht, wenn du nicht gefragt wirst!"

An diesem Tag erzähle ich zu Hause, was passiert ist, auch wenn ich zu jung bin, um zu verstehen, dass das nur ein erster Vorgeschmack für alles weitere ist.

FAMILIENLEBEN

Ich bin jetzt elf Jahre alt. Ein Einzelkind. Meine Mutter näht. Sie schneidert für die ganze Familie. Mein Vater hat eine Werkstatt, in der er Metall verarbeitet. Sie befindet sich im Innenhof, den wir mit zwei anderen Familien teilen. Die Wohnungen liegen im Erdgeschoß. Es wohnt noch ein anderes Mädchen hier, es ist acht Monate älter als ich und geht in eine katholische Schule, wir kennen uns aber kaum, weil die Familien sehr unter sich bleiben.

Die Familie meines Vaters lebt zweihundert Kilometer von Budapest entfernt in einer kleinen Stadt mit einem großen Namen: Hódmezővásárhely! Wir können sie nur im Sommer besuchen, aber einer der Brüder meines Vaters kommt oft zu uns.

Die Verwandten meiner Mutter wohnen alle in unserem Vorort oder in der näheren Umgebung. An den Sonntagen versammelt sich die Familie gewöhnlich bei meiner Großmutter mütterlicherseits. Wir sind ziemlich viele und sie hat ein großes Wohnzimmer. Die Haushälterin meiner Großmutter heißt wie sie: Margit. Margit, die immer ihre große weiße Schürze umgebunden hat, war schon da, bevor ich geboren wurde. Für mich ist sie wie eine Tante.

Wann immer meine Verwandten auf den Krieg in Europa zu sprechen kommen, der sie sichtlich beunruhigt, wollen sie nicht, dass ich zuhöre, und schicken mich zu Margit in die Küche, damit ich ihr helfe. Ab und zu gehen meine Eltern ins Theater, dann schlafe ich bei meiner Großmutter und werde am nächsten Morgen von Margit zur Schule gebracht. Manchmal übernachte ich auch bei meinem Onkel, dem Bruder meiner Mutter, und seiner Frau. Sie haben eine dreieinhalb Jahre alte Tochter, meine kleine Cousine Eva, die ich sehr lieb habe.

In die meisten Restaurants, aber auch in andere Vergnügungsstätten und zu kulturellen Veranstaltungen konnten mich meine Eltern nicht mitnehmen, weil Kinder nicht erlaubt waren. An ein Restaurant erinnere ich mich jedoch gut. Wir aßen in einem wunderschönen großen Raum, der mich an den Speisesaal in einem Schloss denken ließ und in dem eine Zigeunerkapelle aufspielte. Kinder wurden geduldet, wenn sie älter als zehn waren und sich an die Regeln hielten: Wir durften nicht laut sein und den Tisch nur in Begleitung eines Erwachsenen verlassen. Mädchen mit Blumenkörben kamen an die Tische und wenn man ihnen einen ihrer kleinen Sträuße abkaufte, brachte der Ober eine Vase. Der Dirigent der Zigeunerkapelle fragte die Gäste, was sie hören wollten, und dann spielten sie das Gewünschte.

Mein Vater besaß einen großen Wagen, den er für seine Lieferungen benötigte, und so konnten wir im Sommer in die malerischen alten Gasthäuser an der Donau fahren. Dort saßen wir unter Bäumen und konnten zusehen, wie die frisch gefangenen Karpfen in großen Kupferkesseln über dem offenen Feuer zu einem köstlichen Eintopf zubereitet wurden. Er hieß Fischgulasch und wurde mit knusprigen Semmeln serviert. Von unserem Tisch genossen wir den Blick auf den Fluss und die vorüber ziehenden Boote. Und fast überall, wo gegessen und getrunken wurde, spielte die fröhliche Musik der Zigeunerkapellen.

Bis zu dem Tag, als meine Probleme an der Schule anfingen, führte ich ein glückliches und sorgenfreies Leben.

Mit meinen Eltern,
Ungarn 1941.

GEHEIMNISSE UND GEFLÜSTER

Dann kam das Jahr 1943. In Europa tobte seit über drei Jahren der Zweite Weltkrieg. Am Abend mussten sämtliche Fenster und Türen verdunkelt werden, damit kein Licht nach draußen drang und den Flugzeugen über der Stadt eine Zielscheibe bot. Sobald wir unsere Fenster und Türen fest verschlossen hatten, drehten wir den Radioapparat an und hörten *BBC World Service*. Nachrichten aus London zu hören, war streng verboten, aber von der BBC wussten wir, dass sie die Wahrheit über den Krieg berichtete, noch dazu in unserer Sprache, während der ungarische Rundfunk nur die von den Nazis verbreitete Kriegsberichterstattung wiederholte. Jeden Abend hofften wir, die Deutschen würden den Krieg verlieren. Hitlers Hetzpropaganda gegen die Juden gewann nun auch in Ungarn immer mehr an Boden und wir hörten ständig von Juden, die ihre Arbeit verloren hatten. Für die Juden war die BBC eine Nabelschnur zur Außenwelt. Aber für wie lange noch?

Meinen Eltern musste ich versprechen, niemandem gegenüber ein Wort darüber zu verlieren, dass wir heimlich die Nachrichten aus England und die anschließenden Debatten hörten. Das konnte uns alle ins Gefängnis bringen oder noch Schlimmeres bedeuten. Inzwischen konnte ich die „Hatikwah" singen, ein hebräisches Lied der Hoffnung, das eines Tages die israelische Nationalhymne werden sollte. Ich durfte es aber nur zu Hause singen.

Die Kinder an der Schule waren so ekelhaft zu mir geworden, dass ich mich vor der Schule fürchtete. Zu Hause erzählte ich weiterhin nichts.

Eines Tages sprach mich das Mädchen an, das in unserem Innenhof wohnte und das ich immer noch kaum kannte. Sie sagte, wenn ich ein Geheimnis hüten könnte, würde sie mich mit in die Kirche nehmen. Da ich noch nie eine Kirche von innen gesehen hatte, weckte ihr Vorschlag meine kindliche Neugier und ich ging mit. Sie zeigte mir die Statuen und auf dem Heimweg sagte sie:

„Hast du den Mann am Kreuz gesehen? Er ist unser Gott. Die Juden haben ihn umgebracht."

Ich erschrak so sehr, dass es mir die Rede verschlug. Ich lief sofort nach Hause, um meine Eltern zu fragen, wer diesen Mann getötet hatte. Da

25

Unser alter Radioapparat aus Holz.

Mit meinen Eltern, im Alter von 6/7, Pesterzsébet, Ungarn.

ich diese Geschichte zum ersten Mal hörte, war ich überzeugt, sie könne erst vor kurzem passiert sein und meine Eltern wüssten, wer das getan hatte. So erfuhr ich, dass Jesus Jude war, der vor 2000 Jahren in Eretz Israel gelebt hatte und von den Römern hingerichtet worden war. Sie hielten damals unser Land besetzt und hatten es in Palästina umbenannt ... Und wieder musste ich versprechen, das für mich zu behalten und auf die Anschuldigungen ja nichts zu erwidern, da dadurch alles nur noch schlimmer würde.

In den Gesprächen meiner Familie fiel jetzt immer öfter das Wort „Palästina". Sie unterhielten sich flüsternd und besprachen die Möglichkeiten einer Auswanderung. Obwohl es an sich nicht verboten war, ins Ausland zu fahren, war es für uns unmöglich, die nötigen Reisedokumente zu bekommen. Für eine Ausreise benötigte man Geld und vor allem ein Visum. Wann immer ich also jetzt bei meiner Großmutter übernachtete, nahmen meine Eltern an Zusammenkünften teil, wo sie hofften, einen Weg zu finden, wie wir aus Ungarn fliehen konnten.

EIN LEBEN IN ANGST

Von da an verschlechterte sich die Lage rasant. Die Zusammenkünfte waren zwecklos geworden, da es so gut wie unmöglich geworden war, alte Menschen und Kinder unbemerkt aus Ungarn herauszubringen. Eine Flucht zu planen, hatte keinen Sinn mehr.

Über Nacht kam der Befehl, alle jüdischen Männer zwischen 16 und 60 Jahren müssten sich zum Arbeitdienst melden und ihren Beitrag zur Kriegsanstrengung leisten. Sie wurden zur Zwangsarbeit geschickt. Mein Vater kam nach Kaczkó, einen Ort in den Karpaten, wo er einer Gruppe Zwangsarbeiter zugeteilt wurde, die in den Wäldern Holz für eine Holzfabrik fällten. Obwohl er anfangs noch ab und zu für ein paar Tage nach Hause durfte, musste er seine Werkstatt aufgeben. Meine Mutter konnte weder Auto fahren, noch wäre sie in der Lage gewesen, die Werkstatt weiterzuführen, aber das hätte mein Vater auch gar nicht gewollt. Außerdem stellte sich bald heraus, dass ohnehin alle jüdischen Betriebe geschlossen werden sollten.

Inzwischen saß mir die Angst vor der Schule in allen Gliedern. Eines Tages, als sich die Kinder nicht mehr damit zufrieden gaben, mir auf dem Heimweg hinterherzulaufen und mich zu beschimpfen, bewarfen sie mich mit Steinen. Ich hatte nur ein paar Kratzer abbekommen, war danach aber so erschrocken und verängstigt, dass meine Eltern, obwohl sie von den bisherigen Quälereien immer noch nichts wussten, beschlossen, mich aus der Schule zu nehmen.

Wir probierten es mit einer Privatlehrerin, einer Jüdin. Sie wohnte jedoch in einem anderen Vorort und es war schwierig, dorthin zu kommen. Der Winter beginnt in Ungarn früh, die Tage sind kurz und die Straßen unbeleuchtet. Das sollte also das Ende meiner Schulzeit sein. Ich war elfeinhalb Jahre alt.

Für die nichtjüdische Bevölkerung ging das Leben trotz des Krieges weiter wie gehabt. Eines Abends gingen wir eine der Prachtstraßen von Budapest entlang und sahen eine Gruppe junger Leute aus ihren Autos steigen. Die Frauen trugen lange Abendkleider, die Männer Smoking und Fliege. Sie betraten eines der Häuser, aus dem die Musik des damals sehr beliebten Komponisten Franz Lehar bis auf die Straße zu hören war. Durch die Fenster im Erdgeschoß konnten wir den festlichen Glanz des Ballsaals sehen.

Die meisten Juden lebten seit vielen Generationen in Ungarn und hatten das Vertrauen in ihre ungarischen Landsleute noch nicht ganz verloren. In den Gesprächen meiner Familie fielen wiederholt Bemerkungen, dass die Ungarn nicht so antisemitisch wären wie die Deutschen, Österreicher und Polen, dass Ungarn seine Juden niemals so behandeln würde, wie sie es taten ... An unserer Lage änderte das jedoch nichts – sie wurde von Tag zu Tag schlimmer. Ich schnappte meist nur Gesprächsfetzen auf, erfuhr keine Einzelheiten, doch ein Wort fiel immer öfter: „Ghetto". Auf meine Frage, was es bedeutete, antworteten meine Eltern:

„Wir wissen es selbst nicht. Die Geschichten, die wir hören, sind kaum zu glauben."

Als mein Vater wieder einmal kurz zu Hause war, spielte ich unter einem unserer Fenster im Hof und hörte heimlich der Unterhaltung meiner Eltern zu. Mein Vater sagte:

„Man hat mir angeboten, zum Katholizismus überzutreten. Dafür würden sie mich von der Zwangsarbeit befreien."

Nachdem er und meine Mutter dazu ein paar Worte gewechselt hatten, sagte er:

„Das kann ich nicht. Was soll dann aus der Familie werden? Wenn die anderen sterben müssen, möchte ich auch lieber sterben."

Wie sieht es in einem Kind aus, das solche Dinge hört? Obwohl ich vieles noch gar nicht verstehen konnte, verstörten mich diese andauernde Atmosphäre von drohendem Unheil und der Zwang zur Geheimhaltung in meinem Innersten. Weil alle um mich herum die Bedrohung spürten, spürte ich sie auch.

MEHR ANTI-JÜDISCHE VERORDNUNGEN

Eine Zeit lang überstürzten sich die Ereignisse, so dass ich mich nicht mehr genau erinnere, wann und in welcher Reihenfolge sie eintraten. Geschehnisse, die die Allgemeinheit betreffen und in eine Zeit fallen, in der man in ständiger Angst und böser Vorahnung lebt, bleiben nur unscharf im Gedächtnis, vor allem wenn man zu jung ist, um ihre Tragweite zu erfassen. Ich erinnere mich an Schilder, die plötzlich in den Schaufenstern der Geschäfte und an den Eingängen zu Lokalen auftauchten und auf denen stand: „Juden und Hunde verboten". Nicht weit von uns gab es ein Eckgeschäft, wo wir Kinder Süßigkeiten kauften. Von einem Moment auf den anderen durfte ich es nicht mehr betreten. Warum nur? Das alles war so unbegreiflich und so abscheulich.

Meine Großmutter musste ihrer Haushälterin Margit schließlich raten, eine Stelle in einem sichereren Haushalt anzunehmen. Margit verstand, entgegnete aber, da sie selbst keine Angehörigen habe, betrachte sie uns als ihre Familie und würde uns helfen. Als Katholikin konnte sie überall unbehelligt einkaufen und sie blieb bei uns, bis wir ins Ghetto kamen.

Ein Bauer bot meiner Mutter an, sie zu verstecken, sollten die Dinge noch schlimmer werden. Sie flehte ihn an, auch mich und ihre Mutter aufzunehmen, wir könnten ihm alle drei auf dem Hof helfen. Als er darauf bestand, er könne nur eine Person verstecken, verzichtete meine Mutter auf sein Angebot, so wie mein Vater sich geweigert hatte, zu konvertieren, und das lange bevor wir wussten, dass sich dadurch auch nichts mehr geändert hätte.

Die Nachrichten des Londoner Rundfunks waren weiterhin optimistisch, stets voller Zuversicht, dass der Sieg über die Deutschen unmittelbar bevorstand. Von Margit erfuhren wir jedoch, was man sich auf den ungarischen Straßen zuraunte. Die Deutschen seien in mehreren Ländern einmarschiert, dort wären jetzt die Nazis an der Macht. Und sie marschierten weiter.

In Ungarn wurden nun laufend neue Gesetze verabschiedet, um den Juden das Leben noch schwerer zu machen. Besuche bei Verwandten wurden praktisch unmöglich, da wir uns nur noch zwei Stunden täglich auf den Straßen aufhalten durften und einen großen gelben Stern auf unseren Kleidern tragen mussten, damit man uns sofort erkannte.

Nach Hause geschickt. Keine Schule
mehr für jüdische Kinder.

Der gelbe Stern. Juden dürfen sich
nur noch zwei Stunden täglich auf
den Straßen aufhalten.

NAZI-UNGARN

1944. Die Nachrichten aus London ließen uns weiterhin hoffen. Es hieß, die Alliierten – die Russen auf der einen Seite und die Engländer auf der anderen – kesselten die Deutschen immer mehr ein und der Krieg würde bald vorbei sein …

Im ungarischen Radio hörten wir indes, dass Admiral Horthy, das ungarische Staatsoberhaupt, auftrat wie ein König und protzige Zeremonien abhielt. Eine davon war die Wachablöse. Horthy soll die Ablöse auf einem Schimmel angeführt haben, die Brust voller Orden, die in der Sonne glitzerten, und gefolgt von Truppen in schneidigen Uniformen und einer neuen berittenen Gendarmerie, den „Csendőr". Den Zweck dieser neuen Garde sollten wir bald genug erfahren. Kardinal Mindszenty, das Oberhaupt der katholischen Kirche Ungarns und im weißgoldenen Ornat, nahm ebenfalls an der Parade teil. Er und Horthy beschlossen, einer Besetzung Ungarns durch die Nazis zuzustimmen. So wurde also ungarische Geschichte gemacht, und diesen beiden Männern verdankt das Land die schändliche Rolle, die es im Holocaust spielen sollte.

Von da an eskalierten nicht nur die Sanktionen gegen Juden, sondern auch die an ihnen verübten Verbrechen. Die Nachrichten, die uns erreichten, waren grauenhaft: Juden wurden an den Ufern der Donau aufgereiht, erschossen und in die Fluten gestoßen. Andere wurden gezwungen, ihre eigenen Gräber zu schaufeln und sich an den Rand der Gruben zu stellen. Dann erschoss man sie, ließ aber ein paar von ihnen so lange am Leben, bis sie Erde auf die Leichen geworfen hatten, um sie dann ebenfalls zu ermorden. Unser Leben, das ein ganz gewöhnliches hätte sein sollen, verwandelte sich von Minute zu Minute in einen immer schrecklicheren Albtraum.

Schließlich marschierten die deutschen Truppen in Budapest ein. Die Soldaten kamen in endlosen Kolonnen, manche auf hohen Panzern, andere auf Motorrädern mit Beiwagen, alle den Arm zum Nazigruß ausgestreckt und mit deutlich sichtbaren Hakenkreuzen und dem SS-Zeichen auf ihren Uniformen. Unsere Wohnung ging auf eine Hauptstraße hinaus. Ich erinnere mich genau daran, an die Hakenkreuzfahnen, die an uns vorbeidefilierten, und an die Männer mit dem SS-Zeichen auf den Helmen, das zum Symbol all unserer Ängste und der uns bevorstehenden Schrecken werden sollte.

Im ungarischen Radio kam der Befehl, dass eine neue Grußformel – „Bessere Zukunft" („szebb jóvőt" auf Ungarisch) – das übliche „Guten Morgen" oder „Servus" ersetzen würde. Aus den Gesprächsfetzen, die ich auffing, war damit gemeint, dass das Leben in Ungarn besser würde, sobald es all seine Juden los geworden sei, denn dann würde es mehr von allem geben und alles würde billiger werden. Und die Ungarn glaubten das. Es ist erstaunlich, wie leichtgläubig Menschen sind und wie rasch man sie mit entsprechender Gehirnwäsche dazu bringt, andere zum Sündenbock zu machen.

Es dauerte nicht lange, bis Horthy den Befehl erteilte, alle Juden, die in der Budapester Innenstadt wohnten, in mit dem gelben Stern gekennzeichneten Häusern unterzubringen. Dort sollte das Ghetto entstehen. Da wir am Stadtrand lebten, war unsere Familie nicht betroffen.

STRAFFREIES PLÜNDERN

Ich war jetzt zwölf Jahre alt. Da ich nicht mehr zur Schule ging, sah ich kaum noch andere Kinder und war allein mit meiner Mutter, die die meiste Zeit Briefe an die Familie schrieb, weil unser Telefonanschluss gesperrt worden war.

Eines Tages saßen wir beim Mittagessen, als auf der Straße Lärm zu hören war und das Klappern näher kommender Pferde, die in unserem Innenhof anhielten. Ein vor der Tür stehender Stuhl fiel polternd zu Boden, die unversperrte Tür wurde brutal aufgestoßen und zwei Männer stürmten herein. Sie gehörten den Csendőr an, der neuen Gendarmerie mit den Federbüschen an den Helmen. Im Innenhof sah ich noch mehr von ihnen und die an einem Baum festgebundenen Pferde. Einer der beiden Männer richtete seinen Revolver auf uns und verlangte, dass wir unsere Ringe und Halsketten abnahmen, während der andere alle Wertgegenstände, die er finden konnte, in eine Kiste warf: Kerzenhalter, Tabletts, eine Mörserschale aus Kupfer samt Stößel und einen großen Kasten mit unseren Dokumenten, den mein Vater verchromt hatte. Da sie dachten, er sei aus Silber, kippten sie die Papiere heraus und nahmen ihn auch mit.

Sie brachten ihre Beute ins Freie, kehrten aber gleich wieder und öffneten jeden Schrank und jede Schublade, zerrissen die Daunendecken und Kissen und wollten wissen, wo wir unseren Schmuck versteckt hielten. Mit ihren Bajonetten schlitzten sie das Futter unserer Mäntel auf, da sich herumgesprochen hatte, die Juden versuchten, wenigstens ein paar ihrer Wertsachen zu retten und so zu verstecken, dass sie sie zur Not mitnehmen konnten.

Nachdem sie nichts gefunden hatten, verließen die beiden unsere Wohnung, doch damit war die Tortur nicht überstanden. Zwei andere kamen herein und verlangten „alle Gemälde". Wir besaßen nur zwei, sie glaubten uns aber nicht.

„Wo sind die anderen?", fragten sie und suchten unter den Betten, hinter den Kleiderschränken, überall.

In ihren Köpfen hatte sich die Nazi-Propaganda so festgesetzt, dass sie überzeugt waren, alle Juden müssten reich sein, denn sie wollten einfach nicht zur Kenntnis nehmen, was deutlich zu sehen war: dass bei uns

Die ungarische Gendarmerie wurde nach der Besetzung Ungarns durch die Deutschen am 19. März 1944 zum wichtigsten Instrument staatlicher Macht, um rund 440.000 ungarische Juden in Ghettos zu sperren und kurz darauf zu deportieren.

Ein ungarischer Gendarm („Csendőr") mit typischer Hahnenfeder am Helm, rechts daneben ein Husar.

nichts mehr zu holen war. Als sie endlich gingen, war ich gelähmt vor Angst.

Dieser Zwischenfall wird mir Zeit meines Lebens in allen seinen Einzelheiten in Erinnerung bleiben. Es war das erste Mal, dass ich von uniformierten Männern im Auftrag der Regierung so unmittelbar mit der Waffe bedroht wurde.

Kurz darauf kam Margit zu uns und brachte Nachricht von meiner Großmutter. Bei ihr waren die Csendőr auch gewesen. Sie hatten ihre geheiligten Lederbände geraubt, es war ihr aber gelungen, ein Silberarmband, das ich bei unserem letzten Besuch vergessen hatte, in ihrer Schürzentasche zu verstecken. Das schickte sie mir jetzt mit Margit.

Ein paar Tage später kam mein Vater. Er konnte nicht lange bleiben, da er sich heimlich von seiner Gruppe entfernt hatte und seine Abwesenheit nicht bemerkt werden durfte. Er war trotz allem immer noch optimistisch und meinte, der Krieg müsse bald zu Ende sein.

Kurz darauf kamen die Csendőr wieder, diesmal, um das Auto meines Vaters mitzunehmen. Sie verlangten nicht einmal den Schlüssel, der an einem Brett im Haus hing. Sie mussten einen eigenen gehabt haben, denn nachdem sie noch rasch den Schuppen aufgebrochen und das Fahrrad meines Vaters ins Auto geladen hatten, stiegen sie ein und fuhren einfach davon.

Ich war so erzogen, dass man Dinge, die einem nicht gehörten, nicht einmal anfasste. Wenn wir bei Verwandten zu Besuch waren und ich ein Stück Kuchen oder ein Bonbon oder auch nur ein Glas Wasser wollte, musste ich immer zuerst „Darf ich?" sagen. Daher fand ich es umso unbegreiflicher, dass man sich wie diese Männer benehmen konnte und ungestraft davonkam. Ich dachte an meinen Vater und daran, was er mir aus seiner Jugend erzählt hatte. Er war vierzehn gewesen, als er zu arbeiten anfing und zwölf Stunden täglich in der Werkstatt stand, in schäbigen Pensionen schlief und wenig und billig aß, um Geld für eine eigene kleine Werkstatt in einem Keller zu sparen. Sie diente ihm dann jahrelang als Arbeitsplatz und Wohnung in einem, bis er genug Geld beiseite gelegt hatte, um meine Mutter um ihre Hand bitten zu können. Das wenige, das er besaß, hatte er sich so schwer erarbeitet, und er hatte doch gewiss nicht verdient, alles zu verlieren.

Vaters Auto. Er benutzte es als Lieferwagen.

DAS GHETTO

Von einem Tag auf den anderen bekamen auch wir den Befehl, unsere Wohnung zu verlassen und in das Ghetto zu übersiedeln, in dem tausende Juden auf engstem Raum zusammengepfercht waren. Den Großteil unserer Habe mussten wir zurücklassen, da die Wohnung, in die wir mit meiner Großmutter ziehen sollten, winzig war. Sie bestand aus einem Zimmer, einer Küche und einer Speisekammer. Keine Toilette. Kein Fließwasser. Ich hatte noch nie anstelle einer Toilette eine Latrine im Freien gesehen. Sauberes Wasser musste aus dem Garten eines Nachbarhauses geholt werden, schmutziges Wasser wurde vor die Tür geschüttet. Die Nachbarn hatten drei Kinder, darunter ein vierzehnjähriges Mädchen. Es hieß Susanne, und als ich entdeckte, dass es endlich jemanden in meinem Alter gab, mit dem ich reden konnte, lief ich ständig Wasser holen, um mich mit ihr treffen zu können.

Das Zimmer war so klein, dass außer einem Doppelbett, in dem wir zu dritt schliefen, nichts sonst Platz fand. Die wenigen Möbel, die wir hatten retten können und mitgebracht hatten, erwiesen sich in der Enge als unnütz und waren bis an die Decke gestapelt.

In der Küche befand sich ein Holzofen. Das Holz dafür gab es in Geschäften zu kaufen, die wir nicht betreten durften. Es gelang uns dennoch, genug Holz zum Kochen aufzutreiben, denn trotz der überall angebrachten Plakate, die es Christen untersagten, an Juden zu verkaufen, blühte der Schwarzmarkt. Der Besitzer eines Lebensmittelladens, der uns im Hinterzimmer seines Geschäfts heimlich Lebensmittel zu Wucherpreisen verkaufte, riskierte damit seine Gewerbegenehmigung.

Meine Mutter und meine Großmutter weinten jetzt oft. Wir wussten nichts von unseren Verwandten und suchten sie vergeblich im ganzen Ghetto. Da sie in anderen Stadtteilen gewohnt hatten, vermuteten wir, dass sie vielleicht woandershin geschickt worden waren.

Dieses Foto aus dem Jahr 1944 stammt aus einer ungarischen Zeitung: Sie holten uns mitten in der Nacht aus den Ghettos. Auf der rechten Seite ist ein Csendőr zu sehen.

DIE GELEISE

Eines Morgens holten sie uns vor Sonnenaufgang aus den Betten. Auf den Straßen waren die Pferde der Csendőr zu hören und laute Befehle. Wir sollten alles zurück lassen, nur einen Koffer oder eine Tasche pro Person packen und uns auf der Straße einfinden. Dort mussten wir uns in Fünferreihen aufstellen, dann kam der Befehl zum Abmarsch. Bis auf einige noch kleine Buben und alte Männer befanden sich in der Menge ausschließlich Frauen und junge Mädchen. Alle arbeitsfähigen Männer waren bis dahin längst zur Zwangsarbeit in die Lager geschickt worden.

Da die Menschen an Habseligkeiten mitgenommen hatten, was sie tragen konnten, wurden die Taschen von Minute zu Minute schwerer. Sie trieben uns von einer Straße zur nächsten, immer weiter durch die noch dunkle und wie ausgestorbene Stadt. Außer uns war kein Mensch zu sehen und es herrschte auch überhaupt kein Verkehr. Wir durften nicht miteinander sprechen. Niemand wusste, wohin es ging. Sogar die kleinen Kinder waren still. Wir standen alle viel zu sehr unter Schock, um einen Laut von uns zu geben.

Das ist ein entsetzlicher Moment, wenn man die Freiheit verliert und begreift, dass man vom Gesetz nicht mehr beschützt, sondern verfolgt wird. Um wie viel schlimmer alles noch werden würde, hätte ich mir jedoch niemals vorstellen können.

Als der Morgen graute, erreichten wir ein weitläufiges, unverbautes Grundstück neben einer aufgelassenen Ziegelei. Das schien für den Augenblick unser Ziel zu sein. Alle sanken erschöpft zu Boden. Nach einer Weile fingen die Leute an, unter den Tausenden, die hierher gebracht worden waren, nach Angehörigen zu suchen. Wir fanden das andere Enkelkind meiner Großmutter, meine kleine Cousine Eva, die inzwischen vier Jahre alt war, und ihre Mutter. Da wir an Vorräten mitgenommen hatten, was in der Wohnung noch vorhanden gewesen war, bauten wir uns aus vier Ziegelsteinen einen kleinen Behelfsherd und bereiteten etwas zu essen zu.

Am Straßenrand war ein Wasserhahn zu sehen. Ich bot an, Wasser zu holen. Doch der Anblick der deutschen Soldaten und der kaltschnäuzige Ton, mit dem sie die ungarischen Soldaten anbellten und ihnen Befehle erteilten, jagten mir Angst ein und ich kehrte zu meiner Mutter zurück.

Da sich der Wasserhahn neben den Geleisen befand, wollte ich wissen, wozu die Schienen da waren. Die anderen schienen etwas zu ahnen oder sogar gewusst zu haben, was nun kommen würde. Als die Fabrik noch in Betrieb war, wurden hier Ziegel hergestellt und dann per Bahn irgendwohin transportiert. Jetzt waren wir hier, offenbar auch, um abtransportiert zu werden ... An diesem Ort blieben wir drei Tage und Nächte. Die Bedingungen waren unbeschreiblich: Abertausende Menschen, die im Freien auf der Erde lagerten, auf ihren Habseligkeiten saßen und von schwer bewaffneten ungarischen und deutschen Soldaten bewacht wurden. Irgendwann wurden die alten Leute und die Mütter mit Kleinkindern von den anderen getrennt und in einem riesigen Schuppen untergebracht, der eigentlich kein Gebäude war, sondern nur ein Dach auf vier Pfeilern. Als von den Nahrungsmitteln, die wir mitgenommen hatten, nichts mehr da war, fingen wir an zu hungern.

Die Gespräche zwischen meiner Mutter und meiner Großmutter machten mir bewusst, dass wir kein Zuhause mehr hatten. In Ungarn wurden Wohnungen oder Geschäfte üblicherweise gemietet. Sobald die Miete nicht mehr bezahlt wurde, kam der Vermieter, nahm die Räumlichkeiten wieder in Besitz und beschlagnahmte alles, was darin noch zu finden war.

Dann kamen die Waggons. So viel ich weiß, werden diese Geleise, das, was von ihnen noch übrig ist, heute von Touristen besichtigt. Sie können sich nicht einmal ansatzweise vorstellen, wie schrecklich das damals war, und sie haben keinen Begriff davon, welche physische und seelische Not, welches Entsetzen Menschen befällt, wenn sie von schwer bewaffneten Soldaten in Viehwaggons gestoßen und dabei in einer Sprache angebrüllt werden, die sie nicht verstehen. Ich wusste nicht, wohin wir fuhren. Ich wusste nicht, was mit uns geschehen würde. Doch vor allem wusste ich nicht, warum man uns das antat.

Hier sollte ich zum ersten Mal dieses „Schnell! Schnell!" hören, dieses beklemmende Geschrei der Deutschen, das in den nächsten Monaten zu einem ständigen Begleiter jeder an uns begangenen Schandtat werden sollte. In aller Eile wurden tausende Frauen und Kinder in die Waggons getrieben, bis sie so überfüllt waren, dass für das Gepäck kein Platz mehr war und der Großteil dieser allerletzten Habe zurückbleiben musste.

Auf dem Weg zur Ziegelei, von dort aus weiter nach Auschwitz.

Der Waggon – Nahaufnahme.

BESTIMMUNGSORT UNBEKANNT

Wir saßen auf dem Boden eines hohen Viehwaggons, eng aneinander gedrängt, weil uns befohlen worden war, in der Mitte Platz frei zu lassen. Der Waggon kam mir vor wie eine schmutzige, große Holzkiste auf Rädern. Hoch oben, auf jeder Seite der verriegelten Türen befanden sich je zwei kleine Luken, die vergittert waren und kaum Licht hereinließen. Mit uns fuhren zwei bewaffnete ungarische Soldaten. Außer ihren Rucksäcken hatten sie drei Holzkisten, auf denen sie es sich in der Mitte des Wagens bequem machten: eine diente als Tisch, die anderen als Sitze, auf denen sie Decken ausbreiteten. Dann fingen sie an, uns anzuschreien: „Ruhe! Es wird nicht gesprochen. Die Mitte bleibt frei. Und ab jetzt rührt sich keiner mehr."

Es war ohnehin viel zu eng, um sich zu bewegen. Ein paar Kinder waren noch bei uns, es fehlten aber die ganz Kleinen und die alten Leute, die sie in den Schuppen gebracht hatten. Später erfuhren wir, dass sie sich in eigenen Waggons befanden.

Der Zug setzte sich in Bewegung. Ich weiß nicht, wie lange die Fahrt dauerte. Wir standen abwechselnd kurz auf, mit dem Rücken zu den Soldaten. Als ich an der Reihe war, stellte ich mich auf die Zehenspitzen, um durch die vergitterten Luken zu spähen, sie waren jedoch zu hoch. Ich hatte immer noch keine Ahnung, wohin wir fuhren. Die meisten weinten still vor sich hin und wischten sich verstohlen die Tränen ab. Nicht einmal ein Wimmern war zu hören.

Die Soldaten saßen auf ihren Kisten, sie plauderten und lachten. Ihre Pistolen ragten deutlich sichtbar aus ihren Gürteln. Später holten sie Essen aus ihren Taschen, breiteten es auf dem Behelfstisch aus und fingen an zu essen und aus einer Flasche zu trinken. Wir hatten seit Tagen nichts mehr gegessen und starrten hungrig auf ihr Picknick. Als sie die Rinde vom Brot schnitten und in eine Papiertüte taten, um sie wegzuwerfen, krampfte sich mein Magen zusammen.

Der Zug war zwischendurch immer wieder kurz stehen geblieben. Jetzt schien er endgültig angehalten zu haben. Die Soldaten befahlen uns, uns nicht von der Stelle zu rühren, und stiegen aus. Dann sahen wir deutsche Soldaten und hörten barsche deutsche Stimmen, die Befehle schrien. Wir mussten aus den Waggons steigen, aber beim Zug bleiben. Ein paar von uns verstanden die Befehle und übersetzten sie für die anderen ins Ungarische. Was wir noch an Besitz hatten, mussten wir neben den Waggons liegen lassen.

Überall drängten sich tausende Menschen – hungrig, verängstigt, unter Schock. Manche begriffen immer noch nicht, was mit ihnen geschah, andere erkannten, dass die Gerüchte, die sie gehört hatten und die so grauenhaft waren, dass sie sie nicht glauben wollten, der Wahrheit entsprachen, aber niemand wusste wirklich genau, was als Nächstes geschehen würde.

Wir waren in Auschwitz angekommen, in Hitlers größtem Vernichtungslager.

1944, ein Zug kommt in Auschwitz an. Die ungarischen Juden befinden sich noch in den verriegelten Waggons.

DIE ERSTE SELEKTION

Jahre später erfuhr ich, dass 1944 mehr als 430.000 Juden Ungarns nach Auschwitz verschleppt worden waren. Das war Auschwitz in seinem ganzen unermesslichen Grauen und nicht der Ort, den die Besucher heute zu sehen bekommen. Jemand, der fünfzig Jahre später das leere Lager betritt, hat keine Vorstellung davon, was ich als Kind dort erlebt und durchgemacht habe. Und doch gehöre ich zu den wenigen, die Glück hatten, denn ich bin hier, um zu berichten.

Die Abertausenden, die an diesem Tag ankamen, unterschieden sich nicht von meiner Familie – sie waren anständige, fleißige, ehrliche Menschen, die sich um ihre eigenen Angelegenheiten kümmerten und ihr Leben nach bestem Wissen und Gewissen führten. Für viele war dies der letzte Tag ihres Lebens. Für andere dauerte das Sterben etwas länger. Und nur wenige überlebten. Diejenigen von uns, die am Leben geblieben sind, sind dazu verurteilt, den Albtraum unserer Erinnerungen für den Rest unserer Tage zu ertragen und mit der irrationalen Schuld zu leben, dass wir nicht mit unseren Angehörigen und Freunden gestorben sind. Der Lauf der Zeit kann die Geschehnisse und die Bilder, die sich in allen Einzelheiten in mein Gedächtnis eingebrannt haben, weder löschen noch ihnen ihre Schärfe nehmen: Sobald ich die Augen schließe, habe ich das Gefühl, als geschähe alles jetzt, und bis heute packen mich dabei ein Entsetzen und ein Schmerz, der so überwältigend ist, dass er sich nicht in Worte fassen lässt.

Während ich neben den Waggons stehe, beobachte ich die SS-Männer, die in ihren auf Hochglanz polierten Stiefeln und grauen Uniformen auf und ab stolzieren. Sie tragen Gewehre über der Schulter, Pistolen am Gürtel und einen Stock oder eine Peitsche unter dem Arm und wollen wissen, wer von uns Deutsch spricht. Diejenigen, die sich melden, fordern sie auf, vorzutreten. Dann suchen sie ein paar unter ihnen aus, damit sie ihre Befehle, ihre Fragen und unsere Antworten ins Ungarische übersetzen.

Als Erstes wird uns gesagt, dass wir nichts mitnehmen dürfen, dass wir alles, was wir eventuell noch an Gepäck haben, fallen lassen sollen. In der Luft liegen hellgraue Rauchschwaden, es riecht nach Rauch und nach etwas anderem, das mir völlig fremd ist. Dann erhalten wir den Befehl, uns in einer Reihe aufzustellen und loszugehen. Zum letzten Mal sind wir als menschliche Wesen erkennbar ...

Ich bin groß für mein Alter und daran gewöhnt, für älter gehalten zu werden als ich bin. Während wir uns vorwärts bewegen, flüstert mir jemand (meine Großmutter? Meine Mutter?) mit ängstlicher Stimme ins Ohr:

„Sag, dass du dreizehn bist."

Die ungeheure Menge bewegt sich langsam vorwärts. Während einer nach dem anderen die Fragen beantwortet, werden die einen nach links, die anderen nach rechts geschickt. Meine Großmutter ist vor mir an der Reihe. Sie wird nach rechts geschickt. Wir können uns nicht verabschieden. Ich werde sie nie wiedersehen. Sie ist dreiundfünfzig Jahre alt.

Ich bin die Nächste. Ich gebe an, dreizehn zu sein, obwohl ich erst zwölf bin. Ich werde nach links geschickt. Meine Mutter ist hinter mir. Sie kommt ebenfalls nach links. All das geschieht unter dem ständigen Geschrei der deutschen Soldaten und SS-Männer, die die Menge mit „Schnell! Schnell!" antreiben. Sie führen uns zwischen zwei elektrischen Zäunen hindurch.

Für jene, die nach rechts fortgebracht werden – Kinder im Alter von zwölf und jünger und Erwachsene, die über fünfzig sind – ist das das Ende. Man wird sie in die „Duschräume" schicken, aus den Duschköpfen wird jedoch kein Wasser strömen, sondern tödliches Gas. Danach folgt das Krematorium und der graue Rauch ...

Zu dem Zeitpunkt wusste ich natürlich noch nichts von all dem. Im Gegenteil, ich begriff überhaupt nichts. Ich sollte auch erst Jahre später herausfinden, dass der hochrangige SS-Mann, an dem wir vorbei mussten und der über Leben und Tod jedes einzelnen von uns entschied, der grauenhafte Dr. Mengele war, jener Mann, der an den Kindern, die er nicht sofort in die Gaskammern schickte, medizinische Experimente ohne Betäubung durchführte.

Weil ich gelogen und ein falsches Alter angegeben hatte, bin ich die jüngste Überlebende auf dieser Seite von Auschwitz. Jenseits der Schienen befand sich Auschwitz-Birkenau, ein Arbeitslager, in dem man arbeitete, bis man tot umfiel. Aber hier waren wir im Vernichtungslager. Die, die nach rechts geschickt wurden, wurden sofort getötet. Uns ließ man noch warten, wir waren noch nicht an der Reihe und würden vielleicht noch zur Arbeit geschickt. Wir waren zu viele, um alle auf einmal umgebracht zu werden.

Die polnischen Juden waren schon vor uns da. Sie brachten unsere Sachen weg. Für die Selektion durch Mengele mussten wir uns in Kolonnen von 5 x 5 aufstellen. Alle, die jünger als zwölf oder älter als fünfzig waren, verschwanden noch am gleichen Tag.

DIE NAZI-MASCHINERIE

Im Gedränge der vielen Menschen und bewaffneten Männer habe ich meine Mutter aus den Augen verloren. Ich kann sie nirgends sehen. Ich bin allein in der Menge. Da sind so viele Frauen ... Unter der SS befinden sich auch Frauen. Sie tragen Uniformen, sind aber offenbar unbewaffnet und haben auch keine Peitschen, zumindest sehe ich keine. Wir werden in eine riesige, schlecht beleuchtete Halle getrieben. Über unseren Köpfen verlaufen Rohre, sie gehen kreuz und quer in alle Richtungen und an jeder Verzweigung sind Duschköpfe angebracht. Die Brillenträger müssen ihre Brille auf einem langen Tisch an der Wand ablegen. Wir müssen uns nackt ausziehen und unsere Kleider unter dem Tisch stapeln. Überall stehen Soldaten und wir sind splitternackt. In dem Gedränge ist es unmöglich, zu erkennen, was weiter vorne passiert. Wir müssen warten. Wir stehen unter den Duschen, es kommt aber kein Wasser.

Endlich sehen wir, was vorne los ist. Eine Gruppe weiblicher Häftlinge, Frauen, die vor uns hier waren und Nummern auf den Unterarmen tätowiert haben, scheren unsere Köpfe kahl und dann unsere Körper. Die meisten von uns werden ebenfalls mit einer Nummer gebrandmarkt. Dann wird uns erklärt, dass nur diejenigen eine Nummer benötigen, die kräftig genug aussehen, um zur Arbeit geschickt zu werden. Die übrigen, so auch ich, kommen ... anderswohin. Und dann sagt jemand unter Gelächter:

„Es ist nur eine Frage der Zeit. Ihr seid einfach zu viele."

Inzwischen war allen klar, was damit gemeint war: Keine Nummer bedeutete, dass man eher sterben würde; dass man das Lager nicht lebend verlassen würde, nicht einmal, um zur Zwangsarbeit geschickt zu werden. All das erfuhren wir von einer deutschen Frau in Uniform. Sie lachte dabei. Sie war genauso unmenschlich wie die Männer.

Als sie mit dem Rasieren und Brandmarken fertig waren, stießen und schoben sie uns wieder hinaus, eine nach der anderen. Nackt und kahl geschoren, gedemütigt und entmenschlicht trieben sie uns zwischen zwei Spalieren hasserfüllt starrender SS-Männer und SS-Bewacherinnen hindurch. An ihren Uniformen war zu erkennen, dass es sowohl hochrangige Offiziere wie auch gewöhnliche Soldaten waren. Während wir zwischen

51

den uns anstarrenden Gesichtern hindurchgingen, wurden wir von Kopf bis Fuß mit einem Desinfektionsmittel besprüht. Wir blieben unbekleidet, bis man uns von einem Haufen Lumpen, zweifellos den schlimmsten, die von anderen Häftlingen zurückgeblieben waren, einen Kittel (keine Unterwäsche) aushändigte. Wir versuchten, uns so rasch wie möglich zu bedecken, doch nichts passte. Manchen waren die Kittel zu klein, anderen viel zu groß. Wir tauschten, so gut es ging. Manche hatten noch ihre eigenen Schuhe an – so auch ich – andere mussten zusehen, dass sie welche fanden.

Dann standen wir in einer endlosen Kolonne, immer fünf nebeneinander. Die Mädchen im Alter von dreizehn bis sechzehn wurden von den anderen getrennt und jede bekam eine Barackennummer zugewiesen. Ich sollte mit den Jugendlichen ins Lager C, in die Baracke 12.

Und die ganze Zeit hindurch konnte ich nirgends meine Mutter sehen.

DIE SUCHE NACH MUTTER

Das Lager bestand aus einer langen unasphaltierten Straße mit jeweils sechzehn durchnummerierten Baracken auf beiden Seiten – die geraden Zahlen auf der einen Seite, die ungeraden auf der anderen. Die Baracke waren lange, hohe Holzhütten mit winzigen, unter dem Dach angebrachten Fensteröffnungen, die zur Durchlüftung dienten. In den Baracken war es dunkel. An den Wänden zogen sich zwei Stokkbettreihen entlang. Sie waren dreistöckig, jeweils zwei Pritschen tief, wobei jede Pritsche aus einer hölzernen Plattform bestand, auf der wir zu zwölft schlafen würden. Ansonsten gab es nichts, keine Matratzen, nichts zum Zudecken. Bis auf diese eingebauten Pritschen war der Raum vollkommen leer.

Manche suchten sich einen Platz zum Sitzen, andere gingen umher und hielten Ausschau nach bekannten Gesichtern, während einige versuchten, durch das kleine Fenster eines kleinen Abteils etwas zu erkennen, das sich neben dem Eingang befand.

Mir fielen zwei junge Frauen auf, weil sie normale Kleidung trugen und nicht kahl geschoren waren. Es stellte sich heraus, dass das Abteil ihre Unterkunft war und sie zwar auch Häftlinge waren, aber die Aufgabe hatten, die Befehle der SS an uns weiterzugeben und dafür zu sorgen, dass sie befolgt wurden. Sie waren so etwas wie Barackenaufseherinnen. Irgendwie sprach sich herum, vermutlich über sie, dass auf halbem Weg die Lagerstraße hinunter zwei Waschbaracken untergebracht waren und die Latrinen am anderen Ende. Schilder gab es keine. Ich hatte auch nirgends ein Schild gesehen, auf dem „Auschwitz" stand. Bei der Ankunft sah man lediglich eine Tafel mit der Beschriftung „Birkenau", die sich auf der anderen Seite des Tors auf Bodenhöhe befand und in die Richtung des Arbeitslagers wies. Die berüchtigte und heute jedem bekannte Aufschrift mit dem zynischen Wortlaut „Arbeit macht frei" habe ich nie zu Gesicht bekommen. Sie befand sich über dem Tor nach Auschwitz-Birkenau, also auf der Seite, wo sich das Arbeitslager von Auschwitz befand.

Ich musste meine Mutter finden. Entschlossen, in jeder Baracke nach ihr zu suchen, begann ich mit der Nummer 1 und lief im Zickzack das ganze Lager ab. Die Türen sämtlicher Baracken standen offen und in allen drängte sich eine unglaubliche Anzahl von Frauen. Kein Weinen war zu hören, nur gedämpfte Stimmen. Ich weinte auch nicht. Aber am Eingang jeder Baracke schrie ich, so laut ich konnte: „Mama! Mama!" In einer trat plötzlich jemand an mich heran und packte mich an der Schulter. Es war eine meiner Tanten. Wie hätte ich sie erkennen sollen? Ihr Kopf war kahl und sie steckte in Lumpen. Hier sahen alle gleich aus. Sie schüttelte mich und sagte:

„Hör auf damit! Die meisten hier sind Mütter. Wenn du deine finden möchtest, musst du ihren Namen rufen. Aber beruhige dich erst!"

Ich weiß genau, dass ich nicht weinte, aber ich muss hysterisch geklungen haben, denn sie sagte immer wieder:

„Hör auf! Hör auf damit!"

Sie hatte natürlich Recht, ich musste ihren Namen rufen. Also lief ich weiter, schrie in jeder Baracke zwei, drei Mal, „Mama! Frau Hochhauser!", und wartete ab. Nichts. Schließlich versuchte ich es in den Waschräumen. Sie waren leer. Ich ging weiter, hörte nicht auf, nach ihr zu rufen, und weinte immer noch nicht. Manche der Frauen sahen mich an und bedeckten mit den Händen ihre Gesichter, um ihre Tränen zu verbergen.

Ich suchte noch lange. Nach den zweiunddreißig Baracken und den Waschräumen blieben nur noch die Latrinen. Sie waren meine letzte Hoffnung.

Die Latrinen befanden sich auch in einer Baracke, aber anstelle der Pritschen erblickte ich endlose, mit Löchern versehene Holzplanken und überall Frauen, die sich stehend und sitzend unterhielten. Es schien, als hätten sie die Latrinen für den Moment zum Treffpunkt ausgewählt. Inzwischen war ich so außer mir, dass ich am ganzen Körper zitterte, laut weinte und in einem fort schrie: „Mama! Frau Hochhauser!" Und während ich noch da stand und bitterlich weinte, zog mich plötzlich jemand an sich. Es war meine Mutter. Sie hatte die ganze Zeit neben mir gesessen. Wir hatten einander nicht erkannt. Weinend klammerten wir uns aneinander, und jetzt fingen auch die Frauen in unserer Nähe zu weinen an. Jede stellte sich laut oder insgeheim dieselbe Frage: „Was ist mit uns geschehen? Was haben sie nur aus uns gemacht?"

Zwei Barackenaufseherinnen kamen herein und wiesen uns an, die Latrinen zu verlassen und in unsere Baracken zu gehen. Ich blieb bei meiner Mutter und kehrte nicht mehr in die Baracke der Jugendlichen zurück.

Die Latrinenbaracke, wo ich unter hunderten Frauen meine Mutter wiederfand. Alle trugen Lumpen und waren kahl geschoren. Ein grauenhafter Anblick nur wenige Stunden nach unserer Ankunft in Auschwitz-Birkenau, Lager C.

DAS LAGER

Die Baracken waren vollkommen identisch. Lange Schuppen aus Holz mit schmalen, unter dem Dach angebrachten Luken, durch die kaum Licht eindrang. Auf den Pritschen der Stockbetten drängten sich so viele Frauen, dass wir abwechselnd mit dem Kopf nach oben oder nach unten liegen mussten, damit alle Platz hatten. Geschichtet wie die Sardinen in der Dose. Auf den nackten Holzbrettern und in einem solchen Gedränge wurde sogar der Schlaf zur Qual.

In jeder Baracke gab es ein kleines Abteil für die Barackenaufseherinnen, die dafür sorgen mussten, dass die Befehle der Lagerkommandanten ausgeführt wurden. Sie sollten auch für uns dolmetschen, aber wir waren lauter Ungarinnen und sie waren Polinnen. Ich erfuhr nie, wie lange sie schon im Lager gewesen waren, ob man ihnen erst gar nie die Haare abgeschnitten hatte oder ob sie wieder nachgewachsen waren. Sie trugen normale Kleidung. Im Unterschied zu uns schienen sie gewisse Privilegien zu genießen. Ich weiß nicht mehr, wie wir mit ihnen kommuniziert haben oder sie mit uns. Sie mussten ihre Sonderstellung bekommen haben, weil sie ein wenig Deutsch konnten, und zweifellos gab es auch unter uns welche, die die Sprache verstanden, denn Deutsch stand an den ungarischen Schulen ab dem zwölften Lebensjahr auf dem Lehrplan. Irgendwie kamen die Befehle immer bei uns an.

Zu bestimmten Zeiten durften wir uns im Lager frei bewegen und die Waschbaracken und die Latrinen aufsuchen. Von außen sahen sie genauso aus wie die anderen. Die Latrinenbaracke war mit langen Holzkästen ausgestattet, in die zwei Reihen Löcher geschnitten waren. Die Waschbaracken enthielten endlose Reihen von Kaltwasserhähnen, die an ein langes Rohr angeschlossen waren und über einem langen Metalltrog hingen, aus dem das Wasser durch kleine Löcher ins Freie abfloss. Wir tranken aus unseren Händen und wuschen uns, so gut es ging.

Der Boden des Lagers bestand aus fest gestampfter Erde und war steinhart. In der Zeit, in der ich dort war, regnete es kein einziges Mal. Nur auf der Rückseite der Waschbaracken war alles nass und schlammig. Nirgends war auch nur ein Grashalm zu sehen. Das Lager war von hohen elektrischen Stacheldrahtzäunen umgeben, die sich an der Spitze nach innen bogen. Gleich daneben schlossen die Zäune der benachbarten Lager an, die sich zur anderen Seite hin bogen. Dadurch war jeder Kontakt zwischen den Lagern unmöglich.

Die Holzbaracken gibt es heute nicht mehr, aber hier sieht man, wie sie damals aussahen. Wir schliefen auf dem nackten Holz, es gab keine Decken, nichts, womit wir uns wärmen konnten.

DAS LEBEN IM LAGER

Es stellte sich eine Art von Routine ein. In der Nacht wurden die Türen auf der Vorderseite unserer Baracke geschlossen. Es gab auch eine Hintertür, sie wurde aber nie benutzt. Ob die Türen in der Nacht verriegelt waren, weiß ich nicht. Wir bekamen so wenig zu essen und zu trinken, dass ich in der Nacht nie raus musste. Am Morgen öffneten die Aufseherinnen die Vordertür und ließen uns in die Waschräume und zu den Latrinen gehen.

Zum Tagesablauf gehörten die von der SS mit aufgepflanztem Bajonett durchgeführten endlosen Appelle. Dazu mussten wir auf beiden Seiten der Lagerstraße Kolonnen bilden und uns in Fünferreihen aufstellen. So blieben wir oft stundenlang stehen, bis die SS beschlossen hatte, die Reihen zu überprüfen. Diese sinnlose Übung wurde mehrmals täglich wiederholt. Zu Beginn, als in jeder Baracke noch eintausend Frauen untergebracht waren, schien das Stillstehen und Warten den ganzen Tag zu dauern und war für sich genommen eine Folter.

Um die Mittagszeit stellten wir uns um eine Tasse grauer Flüssigkeit an, die aus riesigen metallenen Mülltonnen geschöpft wurde. Und ständig gingen die SS-Männer mit ihren Bajonetten, Pistolen und Peitschen zwischen uns umher, schrien uns an, schrien immerzu, und bellten Befehle und Beleidigungen. Bis zum heutigen Tag jagt mir die deutsche Sprache Schauer über den Rücken, selbst wenn sie leise gesprochen wird ...

Manchmal, wenn wir schon mehrere Stunden Appell gestanden hatten, durften wir uns auf die Erde setzen. Danach stellten wir uns wieder an, diesmal für die zweite und letzte Mahlzeit des Tages. Sie wurde von den Soldaten verteilt und bestand manchmal aus einer hauchdünnen Scheibe einer Art Salami, die als solche aber nicht erkennbar war, und andere Male aus einem kleinen Stück von einer an Leberpastete erinnernden Masse, beides ohne Brot. Wenn wir gelegentlich eine Scheibe merkwürdig aussehenden Brots bekamen, gab es sonst nichts zu essen.

Die Offiziere und hochrangigen SS-Männer taten den ganzen Tag lang nichts. Sie stolzierten herum, in den Händen die unvermeidliche Peitsche, und behielten uns im Auge. Wir sahen sie nie an, um ja nicht ihren Blick aufzufangen. Die Aufmerksamkeit auf sich zu lenken,

tk 82

0   80   160   240   320   metres

Map of Auschwitz II-Birkenau (corresponding to the aerial view shown in photo 8)

A   Main gate and guardhouse
BI   Sector I
BII   Sector II
BIII   Sector III ('Mexico'), under construction
BIa   Camp for women
BIb   Initially a camp for men; from 1943, a camp for women
BIIa   Quarantine area
BIIb   Family camp for Jews from Theresienstadt
BIIc   Camp for Jews from Hungary

BIId   Camp for men
BIIe   Camp for Gypsies
BIIf   Holding area for sick prisoners ('Infirmary')
C   Camp headquarters and SS barracks
D   'Canada', the area of warehouses used for processing belongings plundered from deportees
E   Ramp where Jews were subjected to selection for the gas chambers as they descended from the trains
F   Showers ('Sauna')
G   Pits and open areas where corpses were burned
H   Mass graves of Soviet prisoners of war

I   First improvised gas chamber (the 'red house')
J   Second improvised gas chamber (the 'white house')
KII   Gas Chamber and Crematorium II
KIII   Gas Chamber and Crematorium III
KIV   Gas Chamber and Crematorium IV
KV   Gas Chamber and Crematorium V
L   Latrines and washrooms

Note: The system of numbering prisoners' barracks in compounds BIIc, BIId, and BIIe was the same as that in compound BIIb.

Plan von Auschwitz II Birkenau. Im Lagerteil B II c wurden die ungarischen Juden untergebracht.

61

konnte das Leben kosten. Ich lernte, sie niemals anzusehen und meinen Blick stets gesenkt zu halten. Am schrecklichsten waren die „Selektionen", von denen wir bereits bei unserer Ankunft einen Vorgeschmack bekommen hatten. Sie fanden zunächst alle paar Tage statt, mit der Zeit immer öfter und schließlich täglich. Jedes Mal waren zwei andere Baracken an der Reihe; man befahl den Häftlingen herauszukommen und dann wiederholte sich, was wir von unserer Ankunft bereits kannten. Wir mussten uns nackt ausziehen und unsere Lumpen auf einen Haufen legen. Dann wurden wir am ganzen Körper mit Desinfektionsmittel besprüht und zwischen zwei Reihen SS-Männern und Offizieren hindurchgeschickt, bis ein hochrangiger SS-Mann, in der Regel der gefürchtete Mengele bestimmte, wer nach links und wer nach rechts ging.

Und jedes Mal sahen wir die, die auf die rechte Seite geschickt wurden, nie wieder.

Ich machte so viele dieser gefürchteten Selektionen durch, dass ich bald zu zählen aufhörte. Diejenigen, die wie ich wieder und wieder nach links gewiesen wurden, bekamen einen anderen Lumpen und wurden in die Baracke zurückgeschickt. Dort mussten wir so lange bleiben, bis uns die Aufseherinnen wieder herausließen, um zu den Latrinen oder in die Waschräume zu gehen. Nach einer Selektion durften sie uns mehrere Stunden lang nicht aus den Baracken lassen. In dieser Zeit verschwanden die nach rechts „Selektierten" spurlos.

Auschwitz-Birkenau: Die Lager mit den Holzbaracken.

DER COUNTDOWN

Die Zeit verlor jede Bedeutung. Wir hatten keine Ahnung, welche Uhrzeit es war, geschweige denn welcher Tag oder Monat. Da wir immer weniger wurden und sich eine Baracke nach der anderen leerte, kamen Frauen aus anderen Baracken und schlossen sich uns an. Die Selektionen wurden beschleunigt, sie fanden nun beinahe täglich statt. Wohin die „selektierten" Frauen kamen, wusste ich nicht. Aus meiner Sicht verschwanden sie einfach. Ich war ein Kind, und das, was hier geschah, überstieg mein Fassungsvermögen. Ich hinterfragte auch nicht den Rauch, der nun permanent über dem Lager hing. Damals wurde mit Holz und Kohle geheizt, dabei entstand eine Menge Rauch, und es lebten ja auch viele Soldaten und Offiziere im Lager.

Erst Jahre später, nachdem der Krieg längst vorbei war, erfuhr ich den Zweck der Duschköpfe, aus denen kein Wasser, sondern mörderisches Gas strömte, und woher der graue Rauch und der merkwürdige Geruch kamen: Wer als arbeitsunfähig galt, als zu alt oder zu jung oder zu schwach, wurde in den Gaskammern ermordet und anschließend in den Krematorien verbrannt. Nur wenige von denen, die verschwanden, verließen das Vernichtungslager, um zur Zwangsarbeit geschickt zu werden. Rückblickend denke ich, dass die Frauen um mich herum genau wussten, was mit den anderen geschah, wenn sie uns nach einer Selektion in der Baracke einschlossen, mich aber mit der Wahrheit verschonten.

Es gab keine schwangeren Frauen. Diejenigen, denen man bei der ersten Selektion nichts angesehen hatten, wurden früher oder später entdeckt und nach rechts geschickt ...

Als von den tausenden Frauen, mit denen ich angekommen war, mit der Zeit immer mehr verschwanden und ganze Baracken leer standen, schliefen nur noch wenige auf einer Pritsche und fast alle in der mittleren Etage.

Zwischen den Stockbettreihen verlief eine etwa einen Meter hohe und einen halben Meter breite Ziegelmauer, die die gesamte Länge des Raums einnahm. Auf dieser Mauer stolzierte manchmal ein SS-Offizier auf und ab, schrie uns auf Deutsch an, drohte uns mit dem Stock und verteilte wahllos Hiebe, während wir regungslos dastanden und hofften, nicht diejenige zu sein, die seine Schläge abbekam. Nach einem solchen Auftritt warnte gewöhnlich eine von uns die anderen auf Ungarisch, den Befehlen zu gehorchen und zu tun, was uns die Barackenaufseherinnen anschafften, andernfalls!

Ich erinnere mich deutlich daran, wie sehr uns das Tempo zu schaffen machte, mit dem die Selektionen beschleunigt wurden, und an die von Tag zu Tag weniger werdenden Frauen, bis im Lager C von den insgesamt zweiunddreißig Baracken nur noch zwei belegt waren – eine auf jeder Seite der Waschräume. Durch die elektrischen Zäune konnten wir ins Lager B hinüber sehen. Dort war die Situation nicht anders. Es waren kaum noch Frauen da.

DIE LETZTE SELEKTION

Mit dem Wechsel der Jahreszeiten kam die Kälte, der wir in unseren dünnen Kitteln schutzlos ausgeliefert waren. Zugleich traten Veränderungen ein, die jetzt sehr rasch aufeinander folgten. Die Appelle wurden eingestellt. Von einem Tag auf den anderen waren die polnischen Barackenaufseherinnen nirgends mehr zu sehen. Sie waren ebenfalls verschwunden. Und als sie uns aus den letzten beiden Baracken zur Selektion holten, wurden die Desinfektion und das Wechseln der Kittel von nur noch drei Leuten überwacht, zwei Frauen und einem SS-Mann.

Ich hatte dutzende Selektionen überlebt. Diese sollte meine letzte sein. Ich war zwölfeinhalb Jahre alt.

Wir kamen aus den beiden Baracken neben den Waschräumen und stellten uns in einer Reihe auf, um die immer gleich grausige Routine zu durchlaufen: Kittel ausziehen, hinstellen, eine Seite mit Desinfektionsmittel besprühen lassen, umdrehen, die andere Seite hinhalten, nackt zwischen den aus starrenden SS-Männern gebildeten menschlichen Mauern hindurch und weiter zur Selektion.

Als ich dieses Mal am Ende anlangte, wurde ich nach rechts geschickt. Ich hob einen Lumpen auf und ging auf die Baracke auf der rechten Seite zu. Bis ich endlich den Mut aufbrachte, mich umzublicken, konnte ich meine Mutter nirgends mehr sehen. Da wie bei jeder Selektion überall SS-Männer herumstanden, blieb mir nichts anderes übrig, als zu tun, was mir befohlen wurde, und in die Baracke zu gehen. Von dort konnte ich nicht nach draußen sehen, denn sobald eine Frau hereinkam, schlug die Tür sofort wieder zu.

Wir waren nicht viele. Ich lief die Pritschen zu beiden Seiten ab und warf einen Blick hinein: Meine Mutter war nicht da. Die anderen setzten sich hin und warteten. Allmählich ließ der Lärm draußen nach. Es kam niemand mehr herein. Die letzte Selektion war vorüber. Die Frauen in der Baracke auf der linken Seite würden jetzt eingeschlossen werden, während sie uns, die nach rechts geschickt worden waren, holen und „verschwinden" lassen würden.

Wie schon erwähnt, wurden die Hintertüren der Baracken, von denen es nur wenige Meter bis zum elektrischen Zaun waren, nie benutzt. Ich hatte auch nie nachgesehen, ob sie abgesperrt waren. Jetzt versuchte ich, klar zu denken. „Ich bin in dieser Baracke, gleich daneben sind die Waschräume und dann kommt die andere Baracke, in der Mutter sein muss. Ich muss sie finden." Der Gedanke, dass ich zum Sterben verurteilt bin, kommt mir nicht einmal. Ich weiß nur, dass ich ein zweites Mal von meiner Mutter getrennt bin und sie auch diesmal finden muss, egal wie.

Ich stelle mich in die Nähe der Hintertür. Nach einer Weile ist von draußen kein Laut mehr zu hören.

Allein bei der Vorstellung, die Tür auszuprobieren, fängt mein Herz wie wild zu hämmern an. Meine Gedanken rasen: „Da hinten ist jetzt niemand. Wenn, dann sind sie alle auf der Vorderseite. Aber dort ist auch niemand mehr, denn von den Aufseherinnen, die in der Nacht immer ein und aus gingen, um sich heimlich zu treffen, und dabei die Tür offen ließen, ist ja auch keine mehr da."

Ich strecke meine Hand aus und drücke sachte gegen die Tür. Sie geht auf. Einen Moment lang bin ich völlig verblüfft, denn obwohl ich gehofft hatte, dass sie offen wäre, habe ich nicht damit gerechnet. Ich wage einen Schritt ins Freie. In dem Augenblick bricht die Hölle los. Ein ohrenbetäubender Lärm setzt ein: Pfiffe, Hundegebell, Schreie. Ich vergaß die Wachtürme!

Ich renne die hintere Wand der Waschräume entlang. Einer meiner Schuhe bleibt im Schlamm stecken. Ich ziehe meinen Fuß heraus, sehe, dass die Hintertür offen ist und stürze hinein. Unmittelbar vor mir stapeln sich die riesigen Mülltonnen, aus denen sie das Essen verteilen. Ich springe in eine hinein und ziehe den Deckel zu. Im selben Moment schreit eine deutsche Stimme neben der Tür:

„Komm raus oder ich schieße."

Es gibt Worte, die man so oft gehört hat, dass man keine Übersetzung mehr benötigt.

Ganz in der Nähe bellen Hunde.

Durch den verbogenen Rand des ramponierten Deckels blitzen Lichtstrahlen herein, sie bewegen sich. Draußen ist es noch hell, aber hier herinnen ist es fast finster. Wahrscheinlich haben sie Taschenlampen. Ich höre, wie gegen die Behälter getreten wird. Für Fußspuren ist der Schlamm hinter der Baracke zu weich, und mein stecken gebliebener Schuh zeigt in die Richtung entlang der Rückwand der Baracke. Es gibt also keine Spur, an der sie erkennen können, wohin ich geflohen bin, bevor ich mich versteckt habe. Irgendwann kehrt Stille ein. Aber ich bin viel zu verängstigt, um mich aus meinem Versteck zu wagen.

Die Figur in der Mülltonne ist eine Erinnerung daran, wie nahe ich dem Tod war.

Der Waschraum. Mein Versteck befand sich am anderen Ende, neben der Hintertür. Nicht dargestellt sind die Behälter und der Platz, wo sie standen.

WIR VERLASSEN AUSCHWITZ

Ich habe keine Ahnung, wie lange ich in dem Versteck blieb. Ich muss eingeschlafen sein. Durch den ständigen Hunger wird man so schwach, dass man überall einschläft, selbst unter solchen Bedingungen. Der Klang ungarischer Stimmen und das Geräusch fließenden Wassers weckten mich. Das bedeutete, dass die rechte Baracke inzwischen „geräumt" war und die Frauen, die auf der linken Seite geblieben waren, wieder herausdurften. Ich versuchte, aus der Mülltonne zu steigen, schaffte es aber nicht. Ich weiß nicht, ob ich feststeckte, weil die Tonne nach unten hin immer schmäler wurde, oder ob meine Beine taub geworden waren und sich nicht mehr strecken ließen.

Ich konnte nicht aufstehen. Ich versuchte es wieder und wieder, bis der Behälter scheppernd umfiel. Ein paar Frauen kamen herbei und halfen mir heraus. Sie hatten den Lärm am Vorabend gehört, aber den Grund dafür nicht erfahren. Als ich ihnen rasch erzählte, was geschehen war, sagten sie mir, dass meine Mutter in der Baracke sei. Ich lief hinüber und fand sie in Tränen aufgelöst. Sie hatte nicht damit gerechnet, mich jemals wiederzusehen. Wir klammerten uns aneinander und weinten.

Nachdem ich ihr alles erzählt hatte, bekam sie Angst, dass mich der Schuh, den ich noch hatte, verraten könnte – sie müssten ihn ja nur mit dem anderen vergleichen. Wir versteckten ihn im äußersten Winkel der obersten Pritsche, denn dort würde wahrscheinlich niemand mehr danach suchen. Dann wollte sie mir ihre Schuhe geben, doch sie waren mir zu klein. Ich war gewachsen und inzwischen fast so groß wie sie geworden.

In der anderen Baracke war niemand mehr. Ich war der Gaskammer entkommen. Am nächsten Tag sollte sich herausstellen, dass von den 32.000 Frauen, die mit uns ins Lager C gekommen waren, nur noch ein paar Hundert am Leben waren.

Am Morgen nach der letzten Selektion brachten sie uns in das Lager B. Die Frauen dort waren auch lauter Ungarinnen, und da wir uns eine Zeit lang frei bewegen durften, tauschten wir Familiennamen aus, um Bekannte ausfindig zu machen, die uns vielleicht etwas über das Schicksal unserer Verwandten und Freunde sagen konnten.

Ich wurde von zwei Mädchen angesprochen. Sie nahmen mich an der Hand und sagten, sie hießen Hochhauser. Für mich sahen sie wie achtzehn oder zwanzig aus, obwohl es schwierig ist das Alter zu schätzen, wenn man wie wir zum Skelett abgemagert war und eine Stoppelglatze hatte. Es war gut möglich, dass wir Cousinen waren, denn die Familie meines Vaters war über ganz Ungarn verstreut gewesen. Ich traf sie nie wieder und erinnere mich auch nicht an ihre Vornamen. Sie sagten, sie hätten mich gehört, als ich am ersten Abend im Lager C nach meiner Mutter gesucht und immer wieder den Namen Hochhauser gerufen hatte. Außerdem sprachen sich Neuigkeiten unter den Gefangenen rasch herum und so wussten sie, dass der Anlass für den Lärm und das Geschrei am Abend davor die Suche der Deutschen nach einer „Hochhauser" gewesen war. Sie waren froh, dass meine Mutter und ich immer noch zusammen waren. Dann verabschiedeten wir uns. Wir mussten zum Tor. Wir sollten in das Konzentrationslager Mauthausen in Österreich verlegt werden.

MAUTHAUSEN

Für die, die aus Auschwitz kamen, konnte nichts mehr schlimmer werden. Und trotz des schrecklichen Transports und unseres erbärmlichen, halb verhungerten und vollkommen geschwächten Zustands waren wir noch so weit Menschen, dass uns die Schönheit der österreichischen Gebirgslandschaft auffiel. Vor allem aber lag nicht mehr dieser entsetzliche Geruch in der Luft ... Es gab hier keine Holzbaracken, bloß ein einzelnes langes Backsteingebäude, das in Sektoren unterteilt war. Nur die Aborte waren in einem großen Holzschuppen untergebracht. In den Waschräumen reihten sich lauter kleine, durch niedrige Wände voneinander getrennte Kojen aneinander, deren Vorderseite zwar offen blieb, uns aber endlich ein wenig Privatsphäre erlaubten, etwas, wovon wir nicht einmal mehr geträumt hätten. Und sie waren sauber.

Jede erhielt ein Paar Schnürschuhe mit Holzsohlen und eine Uniform, die aussah wie ein gestreifter Schlafanzug mit einer Kappe. Unterwäsche gab es auch hier nicht. Auf der Jacke war unterhalb der linken Schulter eine Nummer aufgenäht. Meine war die Nummer 623, die meiner Mutter die Nummer 624.

In Auschwitz waren wir so viele gewesen, dass sie uns nicht einzeln zählen konnten, sie überprüften lediglich die Anzahl der Reihen, für deren Ordnung die Aufseherinnen der Baracken verantwortlich waren. Es wurde also nur darauf geachtet, ob die Kolonnen vollständig waren und keine Lücken aufwiesen. Hier mussten wir zum täglichen Zählappell keine Reihen mehr bilden und nicht mehr still stehen, sondern uns bloß im Freien versammeln. Wir hatten auch hier keinen Namen. Wenn unsere Nummer aufgerufen wurde, antworteten wir mit „Ja".

Wir schliefen in sehr langen Räumen, in denen die Stockbetten paarweise angeordnet waren, je zwei Pritschen oben und zwei unten. Jede bekam ihre eigene Pritsche, auf der ein schmaler, mit zerknülltem Packpapier angefüllter Sack lag und eine dünne graue Decke zum Zudecken.

Inzwischen war es Winter geworden und es schneite. Das Wasser im Waschraum war eisig, zu kalt, um sich richtig waschen zu können, außerdem herrschte wegen einer kaputten Fensterscheibe dieselbe Eiseskälte wie im Freien. Der Raum war zu klein für uns alle, also stellten wir uns an, um Hände und Gesicht zu waschen und Wasser zu trinken.

Auf meiner Uniform stand die Nummer 623 und davor der Buchstabe „U".
Das „U" bedeutete „Ungar".

Meine Mutter und ich teilten uns zwei obere Pritschen. Unter uns lagen eine Frau und deren junge Nichte, die sagte, dass sie sechzehn sei. Das Mädchen verstand Deutsch und berichtete uns, wenn sie heimlich den Gesprächen der Soldaten zuhörte. Unter den Aufsehern befanden sich ziemlich viele deutsche Frauen, die meisten in Uniform, manche aber auch in Zivilkleidung. Ihre Büros lagen am Ende des Gebäudes, gleich neben dem hohen, in die Lagermauern eingelassenen Tor, das immer dann geöffnet wurde, wenn wir von einem Trupp bewaffneter Soldaten zur Arbeit und wieder zurück gebracht wurden.

Wir wurden für verschiedene Arbeitsdienste eingeteilt. Manche erhielten wechselnde Aufgaben, andere verrichteten jeden Tag dieselbe Arbeit. Da rund um die Uhr gearbeitet wurde, gab es Tag- und Nachtschichten, wobei man manchmal ohne ersichtlichen Grund die Schicht wechseln musste. Wir kehrten jeden Tag in das Lager zurück, um am nächsten Tag wieder dieselbe Arbeit zu verrichten oder einer anderen zugeteilt zu werden. Es verging aber kein Tag, an dem nicht etliche Gefangene fehlten, wenn wir ins Lager zurückkehrten. Die Zahl der Gefangenen verringerte sich rapide.

75

SKLAVENARBEIT

Ich gehörte einer Gruppe von ungefähr sechzig Frauen an, die in einer Fabrik der „Lenzing Zellwolle AG" arbeitete. Sie lag einen Dreiviertelstundenmarsch vom Lager entfernt und bestand aus einem weitläufigen Fabrikgelände, auf dem sich viele verschiedene Gebäude befanden, die zum Teil durch riesige Metallrohre miteinander verbunden waren.

Ich stand an einem Drehtisch vor einer Maschine. Aus einem riesigen Rohr hoch oben an der Wand floss grobe weißliche Wolle und landete auf einem Fließband, das sie zur Maschine transportierte. Sobald sie den Drehtisch erreicht hatte, hob ich einen großen leeren Sack auf, legte ihn an Ort und Stelle und drückte auf einen Knopf. Nun wurde die Wolle in den Sack gestopft. Dann drückte ich auf einen anderen Knopf, damit der Sack verschnürt wurde und ein großer schwerer Ballen entstand, den das Fließband fortbrachte. Ich hob den nächsten leeren Sack auf, legte ihn hin, drückte auf den Knopf und so ging es weiter – den ganzen Tag oder die ganze Nacht lang, pausenlos, tage- und wochenlang, ohne Ende. All das mit nichts als einer dünnen Suppe im Magen, die wir zu Beginn der Schicht bekamen und aus einem Metallbehälter aßen, den wir zusammen mit dem Holzlöffel immer bei uns haben mussten.

Wie lange eine Schicht dauerte, weiß ich nicht mehr, ich erinnere mich aber, dass eine Tagschicht noch vor dem Morgengrauen begann und bis spät nach Sonnenuntergang dauerte. Aber wenigstens war es warm in der Fabrik, auch wenn ich damals noch nicht wissen konnte, dass die Wärme eine Folge der überlasteten, ungeschmierten, überhitzten Maschinen war, die gefährliche Dämpfe ausstießen. An der Wand befand sich eine tiefe quadratische Wanne und darüber ein Kalt- und Warmwasseranschluss. Zu bestimmten Zeiten wurden die Maschinen abgedreht, dann durften wir jeweils zu zweit und in Begleitung von Soldaten zur Toilette. Danach musste ich zurück an meinen Platz und die stupide Tätigkeit wieder aufnehmen: Säcke hinlegen, Knöpfe drücken und dabei immer um den Tisch herum gehen. Hungrig, immerzu hungrig.

In vier Monaten sollte ich dreizehn werden.

Ich wünschte mir, meine Mutter könnte in meiner Gruppe sein. Sie hatte es viel schlechter getroffen als ich. Sie gehörte einem Trupp Frauen an, die in der Eiseskälte Schnee schaufeln mussten.

Sobald wir wieder im Lager waren, durften wir uns im Unterschied zu Auschwitz, wo wir in den Baracken bleiben oder still stehen mussten, frei bewegen. Das Gelände konnte man selbstverständlich nicht verlassen. Auf einer Seite erhoben sich hohe Mauern, auf der anderen war durch einen schmalen Streifen Dickicht erkennbar, dass wir uns am Ufer eines großen Gewässers befanden, an einem See oder Fluss. Später erfuhr ich, dass Mauthausen eine Stadt an der Donau ist, dem Fluss, an dem ich in meiner Kindheit unbeschwerte Wochenenden verbracht hatte, und der auch durch Österreich fließt. Am anderen Ufer konnten wir die hübschen Häuser der Stadt sehen. Dort ging das Leben ganz normal weiter. Wussten sie dort von uns? Die Fenster in der Baracke waren so winzig, dass man nicht einmal den Kopf hindurchstecken konnte. Jeder Fluchtversuch war unmöglich. Trotzdem gab es Frauen, die verzweifelt nach einer Möglichkeit suchten.

Das Mädchen, das Deutsch konnte, erzählte uns von einem Gespräch der Soldaten, dem sie heimlich zugehört hatte: Sie würden jede sofort erschießen, die auf dem Weg zu oder von der Arbeit versuchte wegzulaufen. Hinzu kam, dass wir in Fünferreihen zur Arbeit gingen und jeder der Soldaten, die uns begleiteten, einen Schäferhund an der Leine führte. Diese Hunde, die uns so nahe kamen, dass sie uns beinahe berührten, waren darauf abgerichtet zu töten. Und schließlich war der Weg vom Lager auf beiden Seiten von hohen Böschungen eingesäumt.

Außerhalb des Lagers sahen wir bis auf einen alten Mann, der auf einer Metallbrücke Wartungsarbeiten durchführte, nie einen Menschen.

53 Jahre später wurde mir anhand der Unterlagen des Archivs der KZ-Gedenkstätte Mauthausen bewusst, dass der Marsch zur Arbeit und wieder zurück, den wir immer im Eiltempo zurücklegen mussten, jeweils fünfundvierzig Minuten dauerte.

Wir hatten kein Zeitgefühl, niemand wusste, wie spät es war, welches Datum oder welchen Tag wir hatten – nur, dass es kalt war, Schnee lag und der Winter vier Monate dauerte.

Bis auf unsere gestreiften Leinenuniformen trugen wir nichts am Leib. Über die Arbeit oder die Bedingungen sprachen wir nie.

Nur meine Mutter erzählte mir, dass man ihrer Gruppe, die im Freien Schnee räumte, keine zusätzliche Kleidung gab.

Aufnahme aus dem Jahr 1998 – die frühere „Lenzing Zellwolle AG"

DREIZEHNTER GEBURTSTAG

Alle paar Wochen mussten wir uns im Hof versammeln und unsere schmutzigen gestreiften Uniformen ablegen, um frische zu erhalten. Mit jedem Mal waren wir deutlich weniger. Auch beim Zählappell wurden immer mehr Nummern ausgelassen. Ich fragte das Mädchen, das Deutsch konnte, ob sie nicht die deutschen Frauen in Zivil, die die Uniformen ausgaben, fragen könnte, wo die vielen Frauen hingekommen seien. Angeblich, so die Antwort, benötigten andere Lager die Arbeitskräfte dringender, daher seien sie dorthin verlegt worden. Wir versuchten uns einzureden, dass das stimmte, dass es ihnen dort besser ging als uns hier, dass sie besseres und mehr Essen bekämen, nicht so weit zur Arbeit hätten ... Aber wir wussten, dass das unwahrscheinlich war.

Nicht weit entfernt, jenseits der Hügel, sahen wir Züge, die sich durch die Landschaft schlängelten. Jemand meinte, die Leute in den Zügen müssten uns doch sehen können, wenn sie aus dem Fenster schauten. Da wir aber ständig von Soldaten umgeben waren, konnten wir nicht einmal winken. Und davon abgesehen: Die Chance, dass uns jemand zu Hilfe kam, um uns hier heraus zu holen, war gleich Null.

Wenn man hungert, kann man an nichts anderes mehr denken als an Essen. In der Baracke drehten sich die Gespräche fast nur darum. Wir sprachen über die Gerichte, die wir eines Tages essen würden, sollten wir jemals wieder hier herauskommen. Wir beschrieben uns gegenseitig, was wir früher gerne gegessen hatten, und tauschten Kochrezepte aus. Ich bat meine Mutter, den anderen die Rezepte für die Kuchen zu geben, die ich so gemocht hatte. Ich erinnere mich an eine Frau, die sich von jedem Rezept die genauen Mengen der Zutaten geben ließ, um sie auswendig zu lernen!

Eines Abends wurde uns mitgeteilt, dass am nächsten Tag Weihnachten sei und wir nicht zur Arbeit müssten. Zum ersten Mal wussten wir wieder, welches Datum wir hatten, und von da an bemühten wir uns, die Zeit nicht wieder aus den Augen zu verlieren.

Eines Tages kehrte die Tante des Mädchens nicht von der Arbeit zurück. Meine Mutter und ich versuchten sie mit den üblichen Geschichten von einem anderen Lager zu trösten, wo es ihr vielleicht sogar besser ginge als hier. Aber sie ließ sich nicht beruhigen und stand am nächsten

Morgen nicht auf, um zur Arbeit zu gehen. Zu unserer Überraschung ließen sie sie ein paar Tage lang in Ruhe.

Dann kam der schreckliche Tag. Am 11. Januar, zwei Tage vor meinem dreizehnten Geburtstag, kam meine Mutter nicht zurück. Sie und noch einige andere aus ihrer Schneeräumgruppe wurden nie wieder gesehen. Ich war untröstlich, konnte nicht zu weinen aufhören und weigerte mich, meine Pritsche zu verlassen. Zwei deutsche Frauen kamen in die Baracke und sagten mir, ich müsste nicht aufstehen. Zwei Nächte und zwei Tage blieb ich dort, dann kamen sie wieder. Sie gaben mir ein dunkelblaues Kleid mit einem weißen Kragen und sagten, ich dürfte die nächsten Tage bei ihnen im Büro verbringen.

„Als Geschenk zu deinem dreizehnten Geburtstag, Klara."

Woher wussten sie das? Mich hatte nie jemand nach meinem Namen, geschweige denn nach meinem Geburtsdatum gefragt. Wir waren bloß Nummern. Ich rätselte darüber und wusste jahrelang keine Antwort darauf. Heute wissen wir, dass die deutsche SS, gründlich wie sie war, selbst die abscheulichsten Untaten ihrer so genannten „Endlösung" penibel festhielt und genaue Aufzeichnungen über alles und jeden führte.

In dem Büro arbeiteten mehrere Frauen. Sie trugen graue Uniformen und waren mit Schreib- oder Näharbeiten beschäftigt. Es herrschte absolute Stille. Die, die Näharbeiten verrichteten, wollten mir beibringen, wie man kleine Spitzendeckchen bestickte, Stoffpuppen und andere Dinge herstellte, aber ich interessierte mich für gar nichts. Ich saß den ganzen Tag nur da und klammerte mich an eine Stoffpuppe. Fünf Tage lang wurde ich gut behandelt. Das Essen war besser und die Frauen wollten mich trösten, sie sagten, dass die Leute, die in andere Lager geschickt wurden, es besser hätten, nicht so schwer arbeiten müssten. Jeden Abend kehrte ich zum Schlafen auf meine Pritsche zurück. Nach fünf Tagen kamen die Soldaten, um mich wieder zur Arbeit zu bringen. Die Puppe durfte ich nicht behalten. Ich weinte die ganze Zeit.

LEBENDE TOTE

Eine der Frauen unter uns gab sich als Wahrsagerin aus. Heimlich und in einem Winkel verborgen, beugte sie sich über eine Handfläche, zeigte auf eine Linie und sagte, diese da bedeutete eine Heimkehr, und da sie auf andere Linien stieß, würden wir nach der Rückkehr mit bestimmten Menschen wieder vereint werden. Mit ihren freundlich gemeinten, frei erfundenen Vorhersagen spielte sie auf unsere Wunschträume an und so gelang es ihr eine Zeit lang, uns zu trösten. Bis wir zwangsläufig herausfanden, dass sie jeder von uns die exakt gleiche Geschichte erzählte – sie wollte bloß, dass wir nicht vollends verzweifelten.

Schließlich waren wir nur noch so wenige, dass die Zählappelle eingestellt und nur mehr die aufgerufen wurden, die zur Arbeit gingen. Wir waren jetzt alle in einem Raum untergebracht und arbeiteten nicht mehr täglich. Die Tage wurden allmählich wärmer. Unser Zeitgefühl hatten wir längst wieder verloren. Die meiste Zeit saßen wir apathisch im Hof auf der Erde. Die Schäferhunde waren verschwunden. Es wurden auch keine Befehle mehr erteilt und das Geschrei hatte aufgehört. Im Büro arbeiteten nur noch zwei Frauen.

Dann wurde die Arbeit eingestellt. Von uns hatte ohnehin keine mehr die Kraft, um irgendwohin zu gehen. Wir saßen im Freien auf der Erde oder lagen auf unseren Pritschen. Von den ursprünglich mehreren hundert Frauen waren noch ungefähr zwanzig übrig.

Eines Tages, als wir uns nach draußen geschleppt hatten, um an der frischen Luft zu sein, waren die Soldaten und Wachen verschwunden. Das Lager schien verlassen. Wir saßen an eine Mauer gelehnt, als eine von uns plötzlich zum Tor zeigte. Es stand halb offen und war unbewacht. Wir starrten das Tor an, zu schwach, um zu begreifen, dass wir frei waren, dass wir einfach auf und davon gehen konnten. Wir versuchten, einen klaren Gedanken zu fassen. Wir wussten ja nicht einmal, wo wir waren ...

Auf einmal geht das Tor ganz auf. Soldaten kommen herein. Keine deutschen Soldaten. Es sind ... Amerikaner! Nach wenigen Schritten bleiben sie stehen. Einige machen sogar einen Schritt zurück. Ihren Gesichtern ist das blanke Entsetzen anzusehen. Ihr Anblick, wie sie da stehen und uns anstarren, lässt uns in Tränen ausbrechen. Schließlich fragt einer von ihnen: „Does anyone here understand English?" Ja, erwidert eine

Frau. Er erklärt ihr, dass ein Transport für uns organisiert würde, dass sie uns von hier fortbringen würden, in wenigen Minuten wäre alles so weit. Einige Soldaten wischen sich die Tränen aus den Augen. Sie gehen wieder. Keiner kam in unsere Nähe, sie standen bloß da, wagten sich nicht weiter als gerade zum Tor herein. So, als fürchteten sie sich vor uns, als hätte sie unser Anblick versteinert – wir waren Geschöpfe geworden, die als Frauen kaum noch erkennbar waren.

EINE HANDVOLL ÜBERLEBENDE

Es war der 6. Mai 1945. Der Krieg war zu Ende. Ein kleiner Bus kam, um die wenigen von uns, die überlebt hatten, abzuholen. Ich fragte mich, wie uns die Soldaten überhaupt gefunden hatten. Zum Lager führte nicht einmal eine richtige Straße, bloß ein schmaler Weg, der zwischen den Hügeln verlief und in eine von Dickicht überwachsene Sackgasse führte. Die Amerikaner handelten schnell und effizient. Der Bus brachte uns in ein nahe gelegenes Ferienheim. Dort fielen mir als Erstes die vielen Blumen auf. Überall waren Blumen. Die amerikanischen Soldaten sahen wir nie wieder. Sie übergaben uns Mitarbeitern vom Roten Kreuz und in nur wenigen Stunden hatten wir geduscht und trugen normale Kleidung und richtige Schuhe.

Als wir erfuhren, dass wir uns in einem Ferienheim der Hitlerjugend befanden, erschraken wir kurz. Es war eines der Ausbildungslager, in denen deutsche Jugendliche mit dem Nationalsozialismus indoktriniert wurden. Doch darüber dachten wir nicht lange nach. Dazu waren wir viel zu glücklich. Wir waren am Leben und frei und es war herrlich, in einem kleinen Schlafsaal in richtigen Betten mit Nachtkästchen zu liegen und ausschlafen zu können.

Die erste Nahrung, die wir bei unserer Ankunft erhielten, war ein Glas Milch. Ich konnte es nur zur Hälfte austrinken. Mein Magen vertrug die Milch nicht. Man ließ uns essen, was und so viel wir wollten, aber mehr als ein paar Bissen konnte keine von uns zu sich nehmen. Drei Tage lang lernten wir nur, uns wieder an die elementaren Dinge eines normalen Lebens zu gewöhnen: uns zu waschen, auf einer Matratze mit einem Polster zu schlafen und ganz allmählich wieder Nahrung zu uns zu nehmen.

Aus anderen Lagern waren noch andere ungarische Überlebende hierher gebracht worden. Das Rote Kreuz nahm unsere Namen und letzten Wohnadressen auf und traf Vorkehrungen für unsere Rückkehr. Als Erste wurden die Überlebenden unter sechzehn registriert. Die bereits Älteren konnten selbst entscheiden, ob sie zurückkehren wollten oder nicht. Die meisten wollten jedoch an den Ort zurück, den sie einst ihr Zuhause genannt hatten, weil sie hofften, überlebende Angehörige zu finden. Ich war zu jung, um selbst zu entscheiden, aber ich wollte nichts sehnlicher als nach Hause. Ich war überzeugt, meine Familie würde wie ich zurükkkehren und ich würde sie alle wiedersehen.

Bereits nach wenigen Tagen befand ich mich mit anderen Überlebenden im Zug nach Budapest. Bei der Ankunft wurden wir sofort in das Jüdische Hospital gebracht. Jede Abteilung, jede Station des Krankenhauses wurde von jüdischen Ärzten und Krankenschwestern ungarischer Herkunft betreut. Sie waren vor den Henkern Hitlers und ihrem über ganz Europa ausgeworfenen Schleppnetz nach Amerika, England oder in andere Teile des Commonwealth geflohen und kehrten nun zurück, um den ungarischen Überlebenden zu helfen. Ungarn war bereits am 5. Dezember 1944 befreit worden, also sechs Monate vor uns. Alles war inzwischen gut organisiert. Es waren eigene Stellen eingerichtet worden, an die man sich um Hilfe in Gesundheitsfragen und bei der Suche nach einem Dach über dem Kopf wenden konnte und die Arbeitsplätze für jene fanden, die wieder so weit bei Kräften waren, dass sie arbeiten konnten.

Das Hospital hielt das Rote Kreuz über Neuankömmlinge auf dem Laufenden, damit Familien möglichst rasch wieder zusammengeführt würden. Außerdem gab es Anschlagbretter, auf denen wir Zettel mit den Namen der Menschen anbringen konnten, nach denen wir suchten.

Ich lag auf einer Station für Kinder unter sechzehn Jahren. Wir hatten ein ganzes Gebäude für uns. Die Jungen waren an einem Ende des Flurs untergebracht, die Mädchen am anderen. Am Abend versammelten wir uns mit den Ärzten und Schwestern im Wartesaal für Besucher. Sie gaben sich große Mühe, uns klar zu machen, dass wir nur ganz bestimmte Dinge essen durften und diese langsam und mit Bedacht und nur in kleinen Mengen zu uns nehmen sollten, damit sich unsere vom Hunger geschwollenen Bäuche wieder erholten. Das Krankenhaus hatte eine eigene Diät für uns zusammengestellt, die wir brav einhielten.

Da ich am ganzen Körper einen Hautausschlag hatte, von dem nur mein Gesicht verschont blieb, musste ich mit einer Salbe behandelt werden und war vollständig einbandagiert. Darüber trug ich einen zu großen Schlafanzug des Krankenhauses.

Besuch bekam keiner von uns.

MARGIT

Eines Tages bekam ich überraschend Besuch. Margit, die ehemalige Haushälterin meiner Großmutter, hatte mich im Krankenhaus ausfindig gemacht. Eine Schwester musste sie an mein Bett bringen, weil sie mich nicht wiedererkannt hätte. Wir brachen beide in Tränen aus. Zum ersten Mal sah ich sie in unvertrauter Umgebung und ohne ihre weiße Schürze. Ihr machte der Anblick meiner Verbände sehr zu schaffen. Sie versprach, am nächsten Tag wiederzukommen und bat die Schwestern, dafür zu sorgen, dass wir einander unter vier Augen und in Anwesenheit eines Arztes sehen konnten.

Sie sagte, sie könne nur noch dieses eine Mal kommen, da sie eine Stellung außerhalb von Budapest gefunden hätte und dort in eine staatliche Wohnung ziehen würde. Sie müsste mir aber noch vieles erzählen, bevor sie Budapest verließ.

Bei ihrem zweiten Besuch brachte sie mir einige Familienfotos mit, die sie gerettet hatte, und ein Stück Seife, weil daran großer Mangel herrschte. Dann begann sie zu erzählen ...

Margit hatte im letzten halben Jahr sämtliche Listen mit den Namen der Überlebenden durchforstet, die entweder nach Ungarn zurückgekehrt oder in andere Länder gegangen waren. Von unserer Familie hatte sie niemanden gefunden außer mich – und meinen Vater. So erfuhr ich, dass ich nicht ganz alleine war. Aber auf die gute Nachricht folgt unweigerlich die schlechte: Von allen anderen, meiner Mutter, der kleinen Eva, meinen Tanten und Onkeln, meiner ganzen übrigen Familie gab es nicht die geringste Spur.

Mein Vater lag mit Gelbfieber auf der Isolierstation eines anderen Krankenhauses und auch sonst war seine Gesundheit sehr angeschlagen. Margit durfte ihn nicht besuchen, sie hatte aber dafür gesorgt, dass er die Nachricht von meiner Rückkehr erhielt. Meine Ärzte hatten von all dem gewusst, mir aber vorläufig nichts gesagt, weil sie wollten, dass ich erst zu Kräften kam, bevor man mir mitteilte, dass meine Familie bis auf meinen Vater und mich ausgelöscht war.

Ich lag in einem guten Krankenhaus, es fehlte mir an nichts und ich war von anderen jungen Leuten umgeben, denen es zum Teil noch schlechter ging – Kinder, die nach und nach erfuhren, dass von ihren Familien niemand überlebt hatte. Wir trösteten uns gegenseitig, so gut es ging.

Mein Verlust war unermesslich und so unerträglich, dass ich nur noch weinte. Ich betete meine Mutter an und weigerte mich, zu akzeptieren, dass sie nicht zurückkehren würde. Ich wollte daran glauben, dass sie am Leben war, irgendwo ... Sie gaben mir Beruhigungsmittel. Zwei Monate lang hörte ich nicht zu weinen auf und konnte mich nur beruhigen, wenn ich die Medikamente nahm. Auch die anderen verließen ihre Betten nicht. Aber wir waren jung, und dank der liebevollen Pflege und der uns gewidmeten Aufmerksamkeit erholten wir uns allmählich, und nach zwei Monaten sollten wir entlassen werden.

Als der Tag unserer Entlassung kam, gaben uns die Ärzte und Schwestern einen Rat mit auf den Weg, den sie damals für den bestmöglichen hielten und den ich bis vor nicht allzu langer Zeit selbst noch befolgt habe: „Euer neues Leben beginnt heute. Vergesst die Vergangenheit, lebt in der Gegenwart und schafft euch eure eigene Zukunft. Blickt nie zurück. Schaut nach vorne und plant Schritt für Schritt euer neues Leben."

Heute wissen wir es besser. Wir wissen, dass man sich der Vergangenheit stellen und sie aufarbeiten muss, ehe man sie aus dem eigenen System verbannen kann und psychisch so stabil ist, dass man tatsächlich eine Zukunft planen kann. Damals war die Psychologie noch nicht an diesem Punkt angelangt, und unsere Ärzte berieten uns so gut sie es damals wussten. Dieser Rat wurde vielen Überlebenden gegeben. Ob das der Grund war, warum es fünfzig Jahre und länger gedauert hat, bis viele von ihnen endlich ihre Geschichte erzählen konnten, die so lange auf ihnen gelastet hatte?

DAS LEBEN MIT VATER

Mein Vater und ich sollten in eine kleine Wohnung ziehen, die uns von den Behörden zugewiesen und von jüdischen Organisationen im Ausland, zumeist in den Vereinigten Staaten, teilweise möbliert worden war. Da ich einen Monat vor ihm aus dem Krankenhaus entlassen wurde und mit dreizehn vor dem Gesetz als zu jung galt, um alleine zu wohnen, kam ich vorübergehend in ein Heim für Kinder unter sechzehn, die keine Familie mehr hatten oder immer noch hofften, ihre Angehörigen zu finden.

In dieser Zeit konnte ich meinen Vater oft besuchen. Er war nach wie vor isoliert und wir mussten uns durch eine Glaswand unterhalten. Der erste Besuch war schlimm – wir erkannten einander nicht, er mich genauso wenig wie ich ihn.

Als ich die Ärzte bat, mir zu erklären, woran genau mein Vater erkrankt war, gaben sie mir ausweichende Antworten und meinten nur, er befände sich auf dem Weg der Genesung und würde bald nach Hause kommen. Nach Hause? Wir hatten alles verloren, unser Zuhause, die Werkstatt und damit unseren Lebensunterhalt.

Mein Vater war schwer traumatisiert. Er hatte auf einen Schlag nicht nur seine innig geliebte Frau verloren, sondern auch seine beiden Brüder und die beiden Schwestern, seine Schwager und Schwägerinnen, Neffen und Nichten ... Hinzu kam, dass er ein pflichtbewusster und verantwortungsvoller Familienmensch war und sich außerstande sah, seiner Tochter ein Zuhause zu geben und für sie zu sorgen.

Nach einem Monat verließ er das Krankenhaus und wir zogen in die Wohnung, die wir mit einem kinderlosen Paar teilten. Für uns waren zwei kleine Schlafzimmer vorgesehen, für sie eines. Da die Wohnung ursprünglich für nur eine Familie gedacht war, verlangte das Zusammenleben jedem einzelnen von uns einiges an Geduld und Rücksichtnahme ab.

Bedachte man, was ich durchgemacht hatte, war meine psychische Verfassung einigermaßen stabil, obwohl ich mich fast jede Nacht in den Schlaf weinte. Und manchmal geschah es, dass ich in einiger Entfernung eine Frau sah, die mich an meine Mutter erinnerte und der ich dann hinterherlief, nur um festzustellen, dass ich mich getäuscht hatte. Alles in mir wehrte sich dagegen, dass ich meine geliebte Mutter nie wiedersehen würde, dass sie nicht mehr am Leben war. Sie war so jung, erst fünfunddreißig Jahre alt! Es sollte mir noch zehn Jahre lang so gehen, dass ich Menschen nachging, von denen ich dachte, sie sähen meiner Mutter, meiner kleinen Cousine Eva oder meinen Tanten und Onkeln ähnlich. Ich wurde mit meinem Verlust nicht fertig und musste ständig Medikamente gegen Depressionen nehmen.

Meinen Vater hatten sie nach Bergen-Belsen verschleppt. Selbst nach seiner Entlassung aus dem Krankenhaus ging es ihm noch längst nicht gut genug, um wieder arbeiten zu können.

Beim „Joint", einer jüdischen Hilfsorganisation aus den USA, konnten Überlebende kostenlos zu Mittag essen. Die Stelle war von elf Uhr vormittags bis drei Uhr nachmittags geöffnet, damit jeder diese Gratismahlzeit in Anspruch nehmen konnte, unabhängig von der Schicht, die er oder sie arbeitete. Die ungarische Regierung hatte Schichtarbeit verordnet, um möglichst vielen Menschen Arbeit zu geben. Das war die positive Seite des kommunistischen Regimes.

MIT DEM LEBEN DAVONGEKOMMEN

Unter dem kommunistischen Regime war niemand mehr gesetzlich verpflichtet, sein Religionszughörigkeit offiziell bekannt zu geben. Darüber war ich sehr froh, denn eines hatte mich meine Erfahrung gelehrt: Meine jüdische Identität würde ich nie wieder unfreiwillig preisgeben. Der Glaube eines Menschen ist seine Privatsache und darf nicht amtlich registriert werden. Ein anderes Erbe aus meiner Vergangenheit ist mein bis heute anhaltender Abscheu vor geschorenen Köpfen; ich denke dabei sofort an Auschwitz und an die tausenden Frauen, die alle gleich aussahen, so dass ich in der Menge nicht einmal mehr meine eigene Mutter erkannte. Mein Haar muss lang sein, es muss bis zu den Schultern reichen, und sollte jemand denken, das sei für mein Alter unangebracht, tja.

Nachdem die Ärzte bestätigt hatten, dass mein Vater für eine vollständige Genesung noch Zeit benötigte, wurde ihm eine kleine staatliche Pension gewährt. Er erzählte mir nie etwas von seinen Erlebnissen und sprach auch nicht mit anderen darüber, zumindest nicht in meiner Gegenwart. Und er wollte auch nichts von mir wissen. Er fragte mich nie, was meine Mutter und ich durchgemacht hatten, nachdem wir uns das letzte Mal gesehen hatten, kurz bevor wir ins Ghetto kamen.

Für die große Mehrheit der Holocaust-Überlebenden hat es bekanntlich fünfzig Jahre gedauert, bis sie endlich so weit waren, dass sie darüber sprechen konnten. Manche befolgen den Rat der Psychologen, wir sollen uns die Erinnerungen, die uns den Hals abschnüren, von der Seele reden. Andere, zu denen auch ich gehöre, sind entschlossen, Zeugnis abzulegen, in der Hoffnung, es möge als Abschreckung dienen und weitere Völkermorde verhindern. Darüber zu sprechen, fällt mir heute genauso schwer wie vor 53 Jahren. Sobald ich zurückdenke, überwältigen mich Schmerz und Tränen. Ich benötige bis heute Medikamente, um nicht in Depressionen zu verfallen. Ich kann sie nicht vergessen, ich sehe die Gesichter meiner Familie vor mir, als wäre es gestern gewesen ... meine Mutter ... meine Großmutter ... meine vierjährige Cousine und ihre Mutter ... und all die anderen ... insgesamt dreißig Menschen, die alle zu jung waren, um zu sterben.

Eines Tages traf ich Susanne wieder, das Mädchen aus dem Nebenhaus im Ghetto. Sie war nach Pesterzsébet zurückgekehrt, weil sie hoffte, irgendjemanden von früher zu finden. Sie fand mich und meinen Vater. Sie selbst hatte niemanden mehr. Von ihrer ganzen Familie in Ungarn war sie die einzige Überlebende. 1947 meldete sich ein Onkel aus New York. Er holte sie nach Amerika, wo sie Krankenschwester wurde. Dann verloren wir uns aus den Augen – bis wir uns fünfzig Jahre später wiedersahen. Doch das ist eine andere Geschichte.

DAS KOMMUNISTISCHE UNGARN

Ich hatte noch während meiner Zeit im Kinderheim mit einer Ausbildung in einem staatlichen Betrieb für Herrenbekleidung begonnen. Dort arbeitete ich jetzt mit anderen jungen Leuten unter fünfundzwanzig. Wir arbeiteten wie die Roboter, im Akkord, acht Stunden täglich, sechs Tage die Woche. Dafür wurden wir auch belohnt, zwar nicht mit Geld, denn die Löhne waren niedrig, dafür aber mit Sonderzulagen.

Abgesehen von billigen Eintrittskarten für die Theater und andere Veranstaltungen, konnten wir kostenlos an Seminaren und Kursen teilnehmen, Sport betreiben, darunter sogar Eis laufen, Schauspiel- und Musikunterricht nehmen und selbstverständlich Vorträge über den Kommunismus und seine Ideale besuchen. Ich probierte einiges davon aus, interessierte mich aber viel mehr für eine Gruppe junger jüdischer Überlebender, die sich in einer Wohnung trafen und die Möglichkeit einer Auswanderung nach Palästina, wie es damals noch hieß, besprachen. Wir waren überzeugt, dass die einzige Garantie gegen eine mögliche Wiederholung all dessen, was den Juden über die Jahrhunderte hinweg angetan worden war und schließlich in den NS-Vernichtungslagern seinen unbeschreiblichen Höhepunkt fand, nur ein eigener Staat sein konnte. Damals konnte man das kommunistische Ungarn noch auf legalem Weg verlassen.

Soweit wir über die Bedingungen in Palästina Bescheid wussten, waren ihnen vor allem junge Pioniere gewachsen, die den Willen und die Entschlossenheit hatten, ein Land aus dem Wüstensand aufzubauen. Sie legten Sümpfe trocken, machten die Wüste fruchtbar und lebten in Zelten, in der Hoffnung, eines Tages richtige Häuser bauen zu können. Mein Vater hatte jedoch niemanden außer mir, und ihn allein zu lassen, kam für mich nicht in Frage. Es ging ihm zwar langsam besser, aber ein Leben unter diesen Bedingungen hätte ihm zu viel abverlangt, ganz zu schweigen von den klimatischen Verhältnissen und der noch eingeschränkten medizinischen Versorgung.

Er fand schließlich Arbeit in einem Büro, wo er und andere, denen es ähnlich ging, über ihre Arbeitszeit selbst bestimmen konnten. Das ließ ihm Zeit für seine Behandlungen und ermöglichte ihm, Leute seiner Generation in den damals sehr beliebten Espressobars zu treffen.

* * *

Budapest 1948. Da das kommunistische Regime Ungarns die Zügel immer strenger anzog, durfte der ungarische Rundfunk keine Nachrichten mehr aus dem nicht-kommunistischen Ausland senden. Wir sollten nicht wissen, was auf der anderen Seite dessen geschah, was die übrige Welt den Eisernen Vorhang nannte. Fernsehen gab es in Ungarn noch keines. Ich stand aber im Kontakt mit meinen Freunden, die nach Palästina ausgewandert waren, und so erfuhr ich, dass Palästina, das bis dahin britisches Mandatsgebiet gewesen war, in zwei Staaten geteilt worden war: in einen arabischen und einen jüdischen Staat! Nach 2000 Jahren hatten wir wieder ein eigenes Land und es hieß Israel. Als ich meinem Vater die Neuigkeit erzählte, war er zu Tränen gerührt. Jetzt schlossen sich noch mehr Jugendliche unserer Gruppe an. Sie alle wollten in den neuen jüdischen Staat auswandern. Es war jedoch nicht mehr möglich, Ungarn zu verlassen. Die Grenzen waren geschlossen.

Klara im Alter von 16, Budapest 1948. Das Foto aus meinem Personalausweis, den wir immer bei uns haben mussten.

Mein Vater im Alter von 45, Ungarn. Das Foto aus seinem Personalausweis, mit dem er nach England kam.

DER UNGARISCHE VOLKSAUFSTAND

Es ist das Jahr 1956. Ich arbeite nach wie vor in der Fabrik für Herrenbekleidung. Mein Vater ist seit einiger Zeit in der Verwaltung eines Güterbahnhofs beschäftigt, wo er sich ein paar Stunden am Tag um den Papierkram kümmert und die Lastwägen abfertigt, die das Obst und Gemüse der Landwirtschaftskooperativen im ganzen Land ausliefern, damit es von dort weiterverteilt wird. Er muss weiterhin seine Medikamente nehmen und sieht ganz gut aus.

Eines Abends bin ich wie gewöhnlich bei der Arbeit, als auf den Straßen plötzlich Schüsse und Geschrei zu hören sind und Glas zu Bruch geht. Es ist der Beginn des Volksaufstandes gegen das Regime. Die Menschen sind die niedrigen Löhne leid, sie sind es leid, stundenlang um Nahrungsmittel und Heizöl anzustehen, sie wollen in Freiheit leben und in den Straßen keine sowjetischen Soldaten mehr sehen.

Es ist neun Uhr abends und eigentlich sollte unsere Schicht bis zehn dauern, doch dann heißt es, wir gingen besser gleich nach Hause. Aufgrund eines Sabotageakts fahren keine Straßenbahnen. Unsere Wohnung liegt in der Budapester Innenstadt, also beschließe ich, mich irgendwie zu Fuß nach Hause durchzuschlagen. Die Straßen sind mit Schutt übersät. Alle Geschäfte sind geschlossen. Die Schießereien gehen weiter und ich habe den Eindruck, es wäre außer mir kein Mensch unterwegs. Als ich in die Wohnung komme, ist mein Vater noch nicht da.

Offenbar sind junge Rekruten der Armee, die ihren zweijährigen Wehrdienst leisten, in ein Waffendepot eingebrochen und haben alle Waffen an sich genommen. Danach sollen sie das Rundfunkgebäude besetzt und den staatlichen Radiosender übernommen haben. Bis zum Abend haben sie auch die Redaktionsräume der kommunistischen „Volksstimme" besetzt, die in einem Gebäude gegenüber unserer Wohnung untergebracht sind.

Als mein Vater endlich nach Hause kommt, weiht er mich in seinen Plan ein, wie er uns heimlich außer Landes bringen will. Wegen des Aufstands werden Reisende streng kontrolliert, und selbst wenn man nur innerhalb Ungarns unterwegs ist, muss man einen sehr guten Grund dafür haben. An sämtlichen Straßenkreuzungen sind inzwischen russische Panzer stationiert und im ganzen Land, vor allem aber in den grenznahen

95

Städten werden Straßensperren errichtet und von russischen Soldaten bewacht. Noch während wir alles besprechen, stürzt das Zeitungsgebäude auf der anderen Straßenseite ein – es wurde gesprengt.

Die Möglichkeit zur Flucht verdanken wir dem Arbeitsplatz meines Vaters. Er hat mit einem der Lkw-Fahrer vereinbart, dass er uns am nächsten Morgen in einer Seitengasse abholt und zur Grenze bringt. Wir pakken jeder eine kleine Tasche mit Verpflegung ein. In meine stecke ich noch rasch die Familienfotos, die mir Margit gegeben hat und die alles sind, was uns von früher geblieben ist. Außerdem nehmen wir jeder ein paar zusätzliche Pullover mit, denn es ist November, ein in Ungarn bereits bitterkalter Monat.

Der Laster transportiert große Lattenverschläge. Der Fahrer erklärt uns, das Sicherste wäre, wir versteckten uns in der Mitte der Ladefläche im Inneren zweier Verschläge, auf die noch andere gestapelt wären. Sollten wir uns einer Straßensperre nähern, würde er eine Warnung nach hinten rufen, damit wir vorbereitet wären.

Wir werden an zwei Straßensperren aufgehalten. Während die russischen Soldaten den Laderaum öffnen und zwischen die mit Obst und Gemüse beladenen Verschläge spähen, halten mein Vater und ich den Atem an. Er weiß nichts von den entsetzlichen Stunden in Auschwitz, als ich in der Mülltonne versteckt war. Während die Erinnerungen auf mich einstürzen, zittere ich am ganzen Körper und kämpfe mit aller Macht dagegen an, nicht in Tränen auszubrechen. Die Soldaten überprüfen die Papiere des Fahrers, dann winken sie ihn durch. Mein Vater hat die Papiere selbst vorbereitet; sie berechtigen den Fahrer, seine Ladung nach Sopron zu bringen, also direkt an die österreichische Grenze. Die Formulare sind in ungarischer Sprache. Vermutlich können sich die sowjetischen Soldaten ohnehin keinen Reim auf die Papiere machen, denn sie sprechen kein Ungarisch, und da sie eine andere Schrift haben, können sie es auch nicht lesen. Sie lassen den Lkw einfach passieren. Wir setzen unsere Fahrt fort. Mein Vater nimmt alle zwei Stunden seine Medikamente. Es geht ihm nicht gut. Er verliert zum zweiten Mal ein Zuhause.

ABSCHIED VON UNGARN

Am Abend erreichten wir unser Ziel. Der Fahrer, der ein ziemlich großes Risiko für uns eingegangen war, wünschte uns Glück und fuhr wieder ab. Wir fanden eine billige Pension, wo sich zu meinem Erstaunen zahllose andere Leute mit kleinen Reisetaschen drängten, die wie wir so taten, als wären sie nur zu einem kurzen Verwandtenbesuch hier. Dann bekamen wir selbst Besuch von russischen Soldaten mit Maschinengewehren, die uns auf Russisch Fragen stellten. Es fand sich jemand, der ihre Fragen übersetzen konnte – sie wollten die Namen und Adressen der Verwandten.

Da nicht damit zu rechnen war, dass sie die falschen Namen und Adressen, die wir ihnen genannt hatten, noch in der Nacht überprüfen würden, zogen mein Vater und ich uns zurück, um noch ein paar Stunden auszuruhen und die Kräfte zu sammeln, die wir am nächsten Tag benötigen würden. Als wir die Pension um vier Uhr früh in aller Stille verließen, weckten wir niemanden. Falls die beiden alten Männer an der Rezeption wach waren, dürften sie das bereits gewohnt gewesen sein, denn sie stellten sich schlafend.

Der lange Marsch durch den Schnee zur österreichischen Grenze hatte begonnen. Auf dem Weg trafen wir ständig andere Leute und mit der Zeit bildete sich, ohne dass auch nur ein Wort gefallen wäre, eine Gruppe, die schweigend weiterging. Es war eine typische Winternacht, bitterkalt mit Temperaturen weit unter Null und einem sternenklaren Himmel, von dem der Vollmond leuchtete. Wir hatten wattierte Mäntel und feste Winterstiefel an, die uns vor der Kälte einigermaßen schützten.

Mein Vater hatte während seiner Lehrzeit in Sopron gewohnt, daher kannte er die Stadt und ihre Umgebung sehr gut. Er führte uns aus der Stadt heraus und weg von den Häusern. Wir verließen die Straßen, schlugen uns ins Gebüsch und in die Wälder und jedes Mal, wenn das gefrorene Laub oder ein Ast unter unseren Füßen knackte, zitterten wir vor Angst; wir wussten, dass die Grenze zu Österreich auf ihrer gesamten Länge von russischen Soldaten patrouilliert wurde.

Da es Winter war, wurde es erst spät hell und bis dahin befanden wir uns im Niemandsland. Plötzlich tauchte ein Schild mit dem Hinweis auf, die Straße, die wir überqueren mussten, sei vermint. Es war unmöglich zu sagen, ob das Schild nur zur Abschreckung diente, damit die Leute Angst bekamen und umkehrten, oder ob hier tatsächlich Landminen vergraben waren. Mein Vater bot sich an, als Erster zu gehen. Sollte es ihm gelingen, unbeschadet auf die andere Seite zu kommen, würden wir in seinen Fußspuren folgen. Er gelangte sicher hinüber und wir überquerten einer nach dem anderen die Straße. Kurz darauf erreichten wir eine Wiese, wo wir erschöpft zu Boden sanken. Wir hatten ohne Pause rund zwanzig Kilometer zurückgelegt. Das Schuhwerk war nicht das, was es heute ist, unsere Füße waren geschwollen, und die meisten von uns humpelten. Wir waren erschöpft, aber glücklich. Ich war wieder in Österreich, diesmal freiwillig und hoffentlich auf dem Weg anderswohin.

FLÜCHTLINGE IN WIEN

Frierend, jedoch zu müde, um aufzustehen, genossen wir die malerische Schönheit der Landschaft, in deren Hintergrund sich ein teilweise schneebedeckter Gebirgszug erhob und in der Sonne glitzerte. Wir mussten aber weiter und uns auf die Suche nach einer Ortschaft machen. Als wir unseren Weg fortsetzten, sahen wir unter uns und gar nicht weit entfernt eine Straße. Wir konnten sogar Verkehr entdecken ... ja ... da waren Autos geparkt, eine ganze Kolonne, manche ohne Beschriftung und andere mit dem Symbol des Roten Kreuzes! Fast sahen sie so aus, als erwarteten sie uns. Es stellte sich heraus, dass sie tatsächlich wegen uns gekommen waren. Viele der Fahrzeuge gehörten Freiwilligen, die sich spontan bereit erklärt hatten, das Rote Kreuz zu begleiten und uns zu helfen. Ein Tiefflieger hatte uns entdeckt und die Nachricht war im Radio verbreitet worden. Wegen des Aufstands flohen jetzt viele Ungarn illegal über die Grenze nach Österreich, wo man sie aufnahm und ihnen als politischen Flüchtlingen vor dem kommunistischen Regime Asyl gewährte.

All das wurde uns auf Englisch erklärt. Ein junger Mann aus unserer Gruppe dolmetschte für uns. Wir wurden in ein nahe gelegenes Lagerhaus gebracht und aus einem Verpflegungswagen mit heißer Suppe und Semmeln versorgt. Dann hieß es, man würde uns nach Wien, in die Hauptstadt, bringen, dort sei eine Schule geräumt worden und anstelle der Schulbänke habe man Campingbetten aufgestellt. Das würde vorübergehend unser Quartier sein. Außerdem würden wir Gutscheine für Gratismahlzeiten in Selbstbedienungsrestaurants erhalten. All diese Vorkehrungen hätte die österreichische Regierung getroffen und sie stünden uns zur Verfügung, bis wir in das Land unserer Wahl weiterreisen konnten.

Als mein Vater und ich in Wien ankamen, konnten wir es kaum erwarten, diese schöne Stadt zu besichtigen, die uns in mancher Hinsicht an Budapest erinnerte. Wir waren jedoch so erschöpft, dass wir zunächst einmal medizinische Betreuung benötigten. Meine Beine waren eine Woche nach unserem langen Marsch immer noch geschwollen. Meinem Vater ging es gar nicht gut. Die Ärzte rieten ihm, weiterhin seine Tabletten mit dem Essen einzunehmen und statteten ihn mit einem Vorrat von insgesamt sechzehn Pillenfläschchen aus!

Man gab uns eine Liste mit Ländern, die zur Aufnahme einer bestimmten Anzahl von Flüchtlingen bereit waren, einschließlich der Adressen der Botschaften, an die wir uns wenden sollten. Ich wollte auch diesmal nach Israel. Mein Vater hatte Zweifel. Er befürchtete, sein Gesundheitszustand würde immer noch nicht zulassen, dass er in einem Land, das gerade erst entstand und dessen heißes Klima er nicht gewohnt wäre, einen nützlichen Beitrag leistete. Aber ich fand, wir sollten es wenigstens versuchen und so holten wir Erkundigungen ein.

Zwei Wochen lang sahen wir uns Wien an. Wir standen staunend vor den Schaufenstern der Geschäfte, in denen Kleider, Schuhe und Lebensmittel angeboten wurden, wie wir sie in Budapest nie zu Gesicht bekommen hatten.

Wien liegt wie Budapest an der Donau. Uns faszinierten vor allem die Brücken mit ihren alten Gaslampen, die zwar inzwischen elektrisch betrieben, aber sonst unverändert waren. Immer wieder überquerten wir den Fluss. Vor den Restaurants blieben wir stehen (sie zu betreten, konnten wir uns nicht leisten) und hörten der drinnen gespielten Musik zu. Wir bewunderten, ebenfalls von außen, die Oper, die uns an das Opernhaus in Budapest erinnerte.

Am besten gefielen mir die Fiaker, in denen die Leute vor der Oper vorfuhren und sich nach der Vorstellung wieder abholen ließen.

Es kam der Tag, an dem wir zum Flughafen mussten. Ich kannte Flugzeuge bislang nur aus Zeitungen und Kinofilmen. Die Größe der Maschine erstaunte uns beide. Damals, 1956, war der BOAC-Jet das größte je gebaute Flugzeug. Die Vorstellung, zum ersten Mal zu fliegen, machte uns ein wenig nervös, doch sobald wir in der Luft waren, genossen wir den Flug und fanden sogar das Essen an Bord köstlich. Wir waren auf dem Weg in ein neues Leben.

ENGLAND

Als wir am 6. Dezember 1956 in England landeten, war für unseren Empfang alles arrangiert worden und bestens organisiert. Gleich nach der Ankunft brachte uns ein Bus zur Einwanderungsbehörde, wo wir mit der Hilfe eines Dolmetschers die nötigen Formalitäten erledigten, und von dort nach Westgate-on-Sea, in die Nähe von Margate, wo wir bis Mitte Januar bleiben sollten.

Unsere Unterkunft befand sich in einem hübschen Haus direkt an der Küste, das im Sommer als „Bed & Breakfast" genutzt wurde. Da in Ungarn im Winter alles unter Schnee und Eis liegt, staunte ich im ersten Moment nicht schlecht, als ich mich umblickte und sich vor meinen Augen eine grüne Hügellandschaft samt Sträuchern ausbreitete – und das mitten im Dezember.

Von den rund zwanzig Flüchtlingen im Haus sprach nur einer Englisch. Das hielt die Bewohner des Orts jedoch nicht davon ab, uns in ihre Häuser zum Weihnachtsessen einzuladen. Sie hatten sogar kleine Geschenke für uns – verpackt in roten Weihnachtssocken! Meinem Vater ging es viel besser, denn er konnte sich ausruhen. Die bunten Lichterketten auf den Straßen fanden wir ebenso wunderbar wie die fröhliche Festtagsstimmung der Leute. Alles war neu und aufregend. In Ungarn hatten wir nie dergleichen gesehen.

Doch nicht nur das Weihnachtsfest, auch das Meer war eine völlig neue Erfahrung. Wir liebten das Rauschen der Wellen, das selbst bei geschlossenen Fenstern bis ins Haus drang. Ungarn ist ein Binnenland und das einzige große Gewässer ist der Plattensee.

Zum ersten Mal seit dem Beginn unserer Katastrophe spürte ich eine große Erleichterung. Ich musste keine weiteren Umstürze mehr befürchten. Ich war wahrhaftig frei. Mein Leben begann zum dritten Mal ...

Während wir uns ausruhten und erholten und das Leben genossen, informierten uns die Londoner Behörden täglich über den Stand unserer Arbeitserlaubnis, über offene Stellen und Wohnmöglichkeiten. Alles wurde rasch und effizient erledigt. Für meinen Vater und mich wurden zwei Zimmer in North London gefunden, die in Gehnähe voneinander entfernt lagen.

Ich sollte Arbeit in einer Bekleidungsfabrik bekommen. Mein Vater musste sich noch gründlich durchuntersuchen lassen, bevor er sein Zim-

mer bezog, und wurde im University College Hospital stationär aufge-
nommen. Am Ende blieb er sechs Wochen dort. Wir sprachen beide
noch kein Wort Englisch, doch selbst dafür fand sich eine Lösung. Es
wurde eine Telefonverbindung für drei Teilnehmer hergestellt, so dass bei
meinen Anrufen im Krankenhaus und den Gesprächen mit den Ärzten
immer ein Dolmetscher zugeschaltet war.

LONDON

Mitte Januar 1957 verließen wir Westgate-on-Sea. Ich freute mich auf die Arbeit und war neugierig auf mein Zimmer in North Finchley.

In Budapest hatten wir den Film „Waterloo Bridge" gesehen, der unmittelbar nach dem Krieg in London spielt. Die Geschichte ist sehr gefühlsbetont, es geht um Soldaten, die aus dem Krieg heimkehren und am Bahnhof nicht alle ihre Lieben vorfinden. Die Älteren unter uns hatten den Film alle gesehen und ich fand den Gedanken, in der Waterloo Station anzukommen, furchtbar aufregend.

Meine Erwartungen wurden jedoch enttäuscht. Der Qualm unserer Lokomotive tauchte alles in ein düsteres Licht, die Wände waren verrußt und schwarz und außerdem blies ein eiskalter Wind.

Es war 11 Uhr 30. Der erste Blick vom Bahnhof auf die Straße war auch nicht gerade erbaulich. Draußen fiel ein Nieselregen, es war dunkel und nebelig. Der Londoner Nebel war in jenen Tagen noch viel häufiger und dichter.

Aber auch hier funktionierte die Organisation reibungslos. Wir wurden von Dolmetschern erwartet, Ungarn, die vor uns nach England gekommen waren, uns alles zeigten und erklärten und uns in unsere Wohnungen oder Zimmer brachten.

Am nächsten Morgen stand jemand vor meiner Tür, der mich zur Arbeit bringen, mir die öffentlichen Transportmittel erklären und zeigen sollte, wie das Geld funktionierte. Die Währung bestand damals noch aus Pfund, Schillingen und Pence – für jemanden, der das Dezimalsystem gewohnt ist, eine ziemlich komplizierte Angelegenheit.

Ohne Sprachkenntnisse gestaltete sich das Leben anfangs etwas schwierig. Wenn ich irgendwohin musste, hatte ich immer einen Zettel mit der jeweiligen Adresse dabei. Außerdem sprach meine Vermieterin in North Finchley nur Englisch. Es dauerte jedoch nicht lange, bis wir uns mit all diesen Neuheiten vertraut gemacht hatten und uns in der neuen Sprache verständigen konnten. Für meinen Vater wurde ein Wörterbuch organisiert und er bekam regelmäßig Besuch von freiwilligen Helfern, lauter Ungarn, die im Krankenhaus mit ihm lernten.

Der Gesundheitszustand meines Vaters war inzwischen so weit stabilisiert, dass er zwar das Krankenhaus verlassen, aber noch nicht arbeiten konnte und anstelle eines Jobs Arbeitslosenunterstützung bekam.

Wir wollten möglichst rasch Englisch lernen und machten gute Fortschritte. Meinen Akzent habe ich bis heute, aber mit der Sprache kam das Gefühl, hierher zu gehören.

Meine Arbeitswoche dauerte fünfeinhalb Tage. Viel verdiente ich nicht, aber ich fand rasch heraus, wo man billig einkaufen konnte. Einer meiner Arbeitskollegen nahm mich mit auf einen Markt, wo alles so günstig war, dass ich mir sogar – und das war wirklich ein Luxus – ein Radio leisten konnte. Bis ich die vielen Sender auseinanderhalten konnte, dauerte es jedoch noch lange.

Die Teddy Boys waren gerade in Mode und gaben einen bestimmten Trend vor: lange Jacken, Röhrenjeans, dunkelblaue Velourlederschuhe mit Kreppsohlen. Die Mädchen trugen geraffte Spitzenunterröcke und spitz zulaufende Stöckelschuhe mit Pfennigabsätzen. Sie tanzten zur Musik des Rock'n Roll. Da ich nie das Leben eines normalen Teenagers geführt hatte, sehnte ich mich danach, mich so anzuziehen und mein Haar hochzustecken und mit Taft zu festigen. Meinem Vater kaufte ich sogar ein Paar blaue Velourlederschuhe mit Kreppsohlen, worüber er sich sehr freute. Wir hatten zum ersten Mal das Gefühl, modisch und elegant zu sein, etwas, wovon wir bisher nur hatten träumen können. In gewisser Weise symbolisierte das auch unser neues Leben.

Der Londoner Nebel

Rock-and-Roll-Tänzer 1956. Der Junge trägt das typische Outfit der Teddy Boys, das Mädchen einen gebauschten Rock und dazu einen Pullover mit V-Ausschnitt. Das Haar ist zu einem Pferdeschwanz gebunden.

ALLEIN

Während der nächsten sechs Monate ging ich meiner Arbeit nach und konnte schließlich in ein besseres Einzimmer-Apartment übersiedeln. Es lag über einem Restaurant, das einem ungarischen Ehepaar gehörte. Sie nahmen uns mit ins Kino und halfen uns, unsere Englischkenntnisse zu verbessern. Was den Gesundheitszustand meines Vaters anlangte, hatte ich den Eindruck, als würde es ihm viel besser gehen. Er selbst schien ebenfalls zu denken, dass es nun endlich wieder bergauf mit ihm ging. Doch dann, im Juni desselben Jahres, rief mich sein Arbeitskollege an und meinte, ich solle sofort nach Hause kommen, meinem Vater ginge es schlecht. Ich rief einen Krankenwagen, der ihn wieder ins University College Hospital brachte.

Dort sagte man mir, dass sie ihm andere Medikamente geben, aber sonst nicht viel für ihn tun könnten. Seine traumatischen Erlebnisse im Krieg, die körperlichen Strapazen und das ihm zugefügte seelische Leid, die Trauer um die Toten und die Erinnerung an sie, all das griff ihn in seinem Innersten an und zerstörte seine Gesundheit.

Was genau er in jenen Jahren durchgemacht hat, werde ich nie erfahren. Im Krankenhaus wollten sie mir nicht mehr sagen, als dass mein Vater während seines ersten Aufenthalts in der Klinik im Januar davon gesprochen hatte, dass ihm das Schicksal jedes einzelnen Mitglieds unserer Familie bekannt sei. 1945, während seines Krankenhausaufenthaltes in Budapest, hätten Rotkreuz-Mitarbeiter Erkundigungen zu jedem der von ihm genannten Namen eingeholt und ihm schriftliche Unterlagen vorgelegt: Es gab einen Akt zu jedem Namen. Bevor er damals aus dem Krankenhaus entlassen wurde, hätte er jedoch sämtliche Unterlagen vernichtet, weil er nicht wollte, dass ich sie zu Gesicht bekam.

Ich besuchte ihn jeden Abend nach der Arbeit. Ein paar Tage nach seiner Aufnahme kam mir eine Schwester im Flur entgegen und bat mich, sie in ein Büro zu begleiten, wo noch eine andere Schwester wartete. Sie boten mir einen Stuhl an und gaben mir ein Glas Wasser. Sie bemühten sich, mir die traurige Nachricht so behutsam wie möglich mitzuteilen. Die persönlichen Dinge meines Vaters befanden sich in einer kleinen Tasche. Er war 56 Jahre alt.

Damals dachte ich, ich würde nie erfahren, was aus meiner Familie geworden ist, denn im Krankenhaus wollte man mir aus Respekt vor dem Wunsch meines Vaters nichts erzählen.

EHEDRAMA

Ich lernte Sándor kennen, einen jungen Ungarn, der wie ich im Dezember 1956 während des Aufstands geflohen war. Wir heirateten und unterschrieben einen einjährigen Pachtvertrag für ein großes möbliertes Haus in North London, das wir mit anderen ungarischen Einwanderern teilten. Keiner von uns war älter als dreißig. Ich war die einzige Jüdin, Religion war jedoch genauso wenig Thema wie Politik. Dazu waren wir viel zu sehr mit anderen Dingen beschäftigt, wir lernten Englisch und machten uns mit der englischen Lebensweise vertraut. Ich stellte den anderen keine Fragen über ihre Vergangenheit und sie wollten nichts von meiner wissen.

Wir waren jung und lebten, als wären wir gerade erst geboren worden. Für jeden von uns begann das Leben jetzt, die Vergangenheit zählte nicht. Ich jedenfalls war entschlossen, nach vorne zu schauen.

Im gemeinsamen Wohnzimmer stand ein Fernsehapparat – das war etwas völlig Neues und für uns alle ein Riesenspaß. Der pfeifende Wasserkessel glich einem Wunder. An jeder Straßenecke gab es (lange vor anderen Fastfood-Ketten) einen „Fish and Chips"-Laden, wo man gut und billig essen konnte. „Fish and Chips" wurde unser Grundnahrungsmittel, denn so ersparten wir uns das Kochen und hatten nach der Arbeit mehr Zeit, um das Leben zu genießen.

Wir gingen ins Kino oder entdeckten London zu Fuß. Eine andere, uns besonders faszinierende Freizeitbeschäftigung waren ausgiebige Schaufensterbummel. In Ungarn waren keine Waren ausgestellt gewesen – dort musste man im Geschäft fragen, ob sie das, was man wollte, auf Lager hatten. Mein Haar war jetzt lang und ich hatte herausgefunden, dass ich zwei Mal die Woche gratis zum Frisör gehen konnte, wenn ich mich einer Frisörschule als Modell zur Verfügung stellte.

Unter den jungen Leuten im Haus war noch ein verheiratetes Paar, László und Katie. László hatte sich ein Motorrad gekauft und nahm uns abwechselnd auf seine Spritztouren mit. Eines Morgens, es war ein nebeliger Tag, fuhren László und Sándor zusammen los. Ein paar Stunden später stand ein Polizist vor der Tür und verlangte nach Katie und mir. Unsere Ehemänner waren auf der North Circular Road in eine Massenkarambolage geraten und mit schweren Verletzungen ins Krankenhaus gebracht worden.

Katie und ich erwarteten beide unser erstes Kind. Ein paar Wochen lang besuchten wir unsere Männer im Krankenhaus. Sándor und László waren stundenlang operiert worden, erwachten jedoch nicht aus dem Koma. Keiner von beiden erlangte je wieder das Bewusstsein. Im Alter von sechsundzwanzig war ich Witwe und mein Sohn Alexander, der am 4. Dezember 1958 geboren wurde, hatte keinen Vater. Für alleinerziehende Mütter gab es damals noch keinerlei Unterstützung und Familie hatte ich auch keine, an die ich mich wenden konnte.

Mit einem Baby eine möblierte Unterkunft zu finden, war so gut wie unmöglich. In dem Haus, das wir mit anderen geteilt hatten, waren keine Kinder erlaubt, außerdem lief der Pachtvertrag demnächst aus.

Ich fand schließlich ein möbliertes Zimmer und irgendwie schaffte ich es, von der bescheidenen Sozialhilfe zu leben, bis mein Kind zwei Jahre alt war. Am Ende blieb mir aber keine andere Wahl, als meinen Sohn in ein Kinderheim zu geben, um arbeiten gehen zu können. Ich fand eine Stelle als Serviermädchen, arbeitete sechs Tage die Woche zum Mindestlohn und sah Alex nur einmal die Woche.

WIEDER EIN NEUBEGINN

1963 heiratete ich ein zweites Mal, diesmal einen Engländer namens Michael Parker. Alex war inzwischen fünf und ich war überglücklich, ihn wieder bei mir zu haben und ihm ein Zuhause geben zu können.

Obwohl achtzehn Jahre vergangen waren, geriet ich bei der Vorstellung, man könnte mich als Jüdin erkennen, immer noch in Panik – damit hatte einst alles begonnen. Mein neuer Name und Stand waren für mich eine Möglichkeit, mich zu integrieren. Ich hatte einen englischen Namen angenommen. Klara gab es nicht mehr – ich war Clare Parker geworden.

Für meine Schwiegereltern war ich eine völlig neue Erfahrung. Sie waren nie zuvor einer Ausländerin begegnet, einer Jüdin schon gar nicht, und ihr Sohn hatte in der Wahl seiner Frau gleich beides kombiniert. Eine Wahl, die sie anfangs überhaupt nicht billigten. Da sie aber ganz in der Nähe wohnten, kamen sie uns oft besuchen und es dauerte nicht lange, bis sie mich mochten und sich mir sogar anvertrauten. Sie beklagten sich über das Verhalten ihres Sohnes und waren sehr besorgt um ihn. Ich verstand ihr Vertrauen als Beweis, dass ich ein Mitglied der Familie geworden war!

Mein Mann machte eine Ausbildung zum Filialleiter eines Schuhgeschäfts, damit wir die Wohnung über dem Laden bekämen, die mit der Stelle verbunden war. Er sagte mir jedoch nicht, dass er in Wirklichkeit zu einer Art „Bereitschafts"-Filialleiter ausgebildet wurde und immer dann und überall dort einspringen müsste, wo und wann immer Bedarf herrschte. Im ganzen Land! Gerade, als ich gedacht hatte, festen Boden unter den Füßen gefunden zu haben, fingen wir an, von einer Stadt in die nächste zu ziehen.

1969 kam meine Tochter Anita zur Welt. Alex stand kurz vor seinem zehnten Geburtstag. Die Ehe mit Michael war von Anfang an schwierig. Er war nie zu Hause und ließ mir nie genug Geld da. An den Abenden und Wochenenden verschwand er irgendwohin und redete sich gewöhnlich darauf aus, Inventur machen zu müssen, und das ginge nur nach Geschäftsschluss.

Als ich dahinter kam, dass er mich mit jungen Frauen betrog und von seinen Arbeitgebern stahl, um Geld für seine Affären zu haben, wollte ich ihn zur Rede stellen. Als Antwort darauf schlug er mich.

113

Zu dem Zeitpunkt wohnten wir in Birmingham. Ich ging zu meinem Arzt. Er verwies mich an eine Sozialarbeiterin, und so lernte ich zu meinem großen Glück Ruth Wolf kennen. Ich erfuhr erst viel später, dass diese wunderbare und bescheidene Frau mit einem Königlichen Orden für ihre Arbeit mit Holocaust-Überlebenden ausgezeichnet worden war. Damals erlebte ich sie vor allem als liebenswürdige ältere Jüdin, eine ehemalige Rot-Kreuz-Mitarbeiterin, die über die Informationen und Verbindungen verfügte, um innerhalb einer Woche ein leerstehendes Haus für mich zu finden. Sie kümmerte sich auch um die nötige Einrichtung, die sie in Second-Hand-Läden und über Bekannte besorgte.

Es war das Jahr 1972. Alex war vierzehn, Anita drei Jahre alt. Für uns war es besser so, besser jedenfalls als ein Leben mit einem Mann, der ein Lügner und Gewalttäter war. Als Alex 1974 für ein Jahr nach Israel ging, um in einem Kibbuz als Freiwilliger zu arbeiten, nahm ich Näharbeiten an, um zu Hause bei meiner Tochter bleiben zu können.

Ruth Wolf war bis dahin nicht mehr berufstätig, sie kam aber regelmäßig zu Besuch und im Laufe der Jahre profitierte ich ungemein von ihrem Verständnis und ihren Ratschlägen. Obwohl sie mir immer wieder auf sehr behutsame Weise anbot, ihr mein Herz auszuschütten, und dabei stets betonte, dass sie alles streng vertraulich behandeln würde, hatte ich ihr nie von meiner Vergangenheit erzählt und niemals auch nur erwähnt, dass ich Jüdin bin. Sie musste natürlich etwas geahnt haben, und als ich meine Tochter in eine jüdische Schule gab, fragte sie mich schließlich ohne Umschweife, was im Krieg mit mir passiert sei. Bis dahin hatte ich noch nie mit irgendjemandem darüber sprechen können. Ich fing an zu zittern und brach in Tränen aus. Ruth ließ meinen Arzt holen, einen Juden aus der Slowakei, der im Krieg auf Seiten der Briten gekämpft hatte. Er verstand den Grund für meinen Zusammenbruch und verschrieb mir Beruhigungsmittel.

Ruth Wolf wies mich auf die Möglichkeit hin, Akten aus den Lagern über meine Familie und mich selbst zu bekommen, und dass sie mir, sollte ich das je in Erwägung ziehen, helfen könnte, die nötigen Formulare auszufüllen, die beim Roten Kreuz erhältlich wären und an den Internationalen Suchdienst in Genf weitergeleitet würden.

Ich hatte den Tod meiner Mutter nie ganz akzeptiert, wenn es also eine Möglichkeit gab herauszufinden, was wirklich mit ihr geschehen war, musste ich sie nutzen. Ich füllte Formulare aus, eines für sie und eines für mich selbst, und schickte sie ab, obwohl ich mir kaum vorstellen konnte, dass es Aufzeichnungen über Menschen gab, die man nie nach ihrem Namen, geschweige denn nach sonst irgendwelchen Angaben gefragt hatte, als man sie wie Schlachtvieh behandelte.

Ein paar Monate später, im Januar 1977 und nach 32 Jahren, hielt ich den schockierenden Akt über meine Mutter in Händen, eine unverständliche Erklärung zum tödlichen Unfall der „Gefangenen 624, Magda Hochhauser, geborene Goldfinger, verstorben am 11. Januar 1945 um 7 Uhr im Konzentrationslager Mauthausen/Kommando Lenzing. Todesursache: Arbeitsunfall (beim Überqueren des Bahndammes von der Eisenbahn überfahren)." Selbst nach so langer Zeit erschütterte mich die Nachricht in meinem Innersten. Ihre Endgültigkeit ließ mir keine Wahl, als mir einzugestehen, was ich so lange Zeit einfach nicht hatte glauben wollen. Damals wusste ich noch nicht, dass es noch einmal zwanzig Jahre dauern würde, bis ich erfahren sollte, was an jenem Tag tatsächlich passiert war.

Im selben Jahr wurde ich von Michael geschieden. Bald darauf heiratete er wieder. Wir haben keinen Kontakt.

SERVICE INTERNATIONAL DE RECHERCHES
INTERNATIONAL TRACING SERVICE
INTERNATIONALER SUCHDIENST

D - 3548 AROLSEN
Tel (05691) 637 - Telegr Adr ITS Arolsen

| EXTRAIT DE DOCUMENTS | EXCERPT FROM DOCUMENTS | DOKUMENTEN-AUSZUG |

Votre Réf Your Ref Ihr Az	L/EUR/78,025 file 56,924	Notre Réf Our Ref Unser Az	I/D - 109 178
Nom Name Name	HOCHHAUSER née GOLDFINGER	Prénoms First names Vornamen	Magda	Nationalité Nationality Staatsangehörigkeit	Hungarian
Date de naissance Date of birth Geburtsdatum	11.4.1909	Lieu de naissance Place of birth Geburtsland	Budapest	Profession Profession Beruf	housekeeper
Noms des parents Parents' names Namen der Eltern	not indicated			Religion Religion	Jewish
Dernière adresse connue Last permanent residence Zuletzt bekannter ständiger Wohnsitz	Pesterzsebet				

Arrêté le / Arrested on not indicated   à / in not indicated   par / by not indicated   durch

Est entré au camp de concentration / Entered concentration camp / Wurde eingeliefert in das Konz.-Lager   Auschwitz   No de détenu / Prisoner's No. / Häftlingsnummer not indicated

le / on not indicated   venant de / coming from / von not indicated   par / by not indicated   durch

Catégorie, ou raison donnée pour l'incarcération, / Category, or reason given for incarceration, / Kategorie, oder Grund für die Inhaftierung "Jüd." (= Jüdin)

Transféré / Transferred / Überstellt on 3rd November 1944 to Concentration Camp Mauthausen/Commando Lenzing, Prisoner's No. 624.

Deceased on 11th January 1945 at 7.00 in Concentration Camp Mauthausen/Commando Lenzing. Cause of death: work accident (run over by a train while crossing the railway embankment).

Dernière mention dans la documentation des CC / Last entry in CC records / Letzte Eintragung in KL-Unterlagen

Remarques / Remarks / Bemerkungen   none

Documents consultés / Records consulted / Geprüfte Unterlagen "Schreibstubenkarte, Zugangsbuch" and "Totenbuch" of Concentration Camp Mauthausen.

Expédié à / Dispatched to / Abgesandt an   HIAS
European Headquarters
CH-1211 Geneva 13

Arolsen, 7th January 1977

A. de COCATRIX
Directeur

Chef des Archives

Hay/H/bl
Hey f.

* A titre explicatif: ce complément ne figure pas sur les documents originaux
* Added by the I.T.S. as explanation, does not appear on the original documents
* Erklärung des I.T.S.: erscheint nicht in den Originalunterlagen

I received this document 32 years late, in 1977. It looked to me as if my mother had committed suicide

Diesen Akt erhielt ich 1977 nach 32 Jahren. Für mich klang es zunächst so, als hätte meine Mutter Selbstmord begangen.

SERVICE INTERNATIONAL DE RECHERCHES
INTERNATIONAL TRACING SERVICE
INTERNATIONALER SUCHDIENST

D - 3548 AROLSEN

Tel. (05691) 837 – Telegr.-Adr. ITS Arolsen

EXTRAIT DE DOCUMENTS	EXCERPT FROM DOCUMENTS	DOKUMENTEN-AUSZUG

Votre Réf. / Your Ref. / Ihr Az. L/EUR/78,025 file 56,924   Notre Réf. / Our Ref. / Unser Az. T/D - 109 179 -----------

Nom / Name / Name HOCHHAUSER ---------   Prénoms / First names / Vornamen Klara -----------   Nationalité / Nationality / Staatsangehörigkeit Hungarian ----

Date de naissance / Date of birth / Geburtsdatum 13.1.1932 ----   Lieu de naissance / Place of birth / Geburtsort Budapest -----   Profession / Profession / Beruf -------------------

Noms des parents / Parents' names / Namen der Eltern not indicated -------------------------   Religion Jewish ---------

Dernière adresse connue / Last permanent residence / Zuletzt bekannter ständiger Wohnsitz Pesterzsebet--

Arrêté le / Arrested on / Verhaftet am not indicated --- à / in / in not indicated -------- par / by / durch not indicated -------

Est entré au camp de concentration / Entered concentration camp / Wurde eingeliefert in das Konz.-Lager Auschwitz --------------------   No. de détenu / Prisoner's No. / Häftlingsnummer not indicated --

le / on / am not indicated ---------   venant de / coming from / von not indicated ---- par / by / durch not indicated -------

Catégorie, ou raison donnée pour l'incarcération / Category, or reason given for incarceration / Kategorie, oder Grund für die Inhaftierung "Jüdin" ---

Transféré / Transferred / Überstellt on 3rd November 1944 to Concentration Camp Mauthausen/Commando Lenzing, Prisoner's No. 623. --

Dernière mention dans la documentation des CC / Last entry in CC-records / Letzte Eintragung in KL-Unterlagen Liberated on 6th May 1945 by the US-Army in Concentration Camp Mauthausen/Commando Ebensee. ----

Remarques / Remarks / Bemerkungen none --

Documents consultés / Records consulted / Geprüfte Unterlagen "Schreibstubenkarte, Nummernkarte, Zugangsbuch" and "Befreiungs- liste" of Concentration Camp Mauthausen. -----------------------

Expédié à / Dispatched to / Abgesandt an HIAS
European Headquarters
CH-1211 Geneva 13

Arolsen, 7th January 1977

A. de COCATRIX
Directeur

A. OPITZ
Chef des Archives

Mor/H/bl
Mei. IV

● A titre explicatif; ce complément ne figure pas sur les documents originaux.
● Added by the I.T.S. as explanation, does not appear on the original documents.
● Erklärung des I.T.S., erscheint nicht in den Originalunterlagen.

Mein Akt

EINE NEUE GENERATION

Im Sommer 1988 war Anita siebzehn. Nun war sie an der Reihe, um nach Israel zu fahren und sechs Wochen lang als Freiwillige im Kibbuz Usha in der Nähe von Haifa zu arbeiten. Von dort schrieb sie mir, dass sie zwar sechs Tage die Woche hart arbeitete, ihr das Leben in der Gemeinschaft aber so gut gefiele, dass sie ihr Studium unterbrechen und ein ganzes Jahr bleiben wollte. Sie genoss das Zusammensein mit den anderen jungen Leuten umso mehr, als wir keine Verwandten hatten und immer nur zu dritt gewesen waren. Die Kibbuzniks lebten wie eine große Familie, sie teilten alles miteinander, machten Ausflüge und besuchten zusammen die historischen Stätten. Sie fand das alles wunderbar.

Da ich jetzt allein lebte, konnte ich von meinem geringen Einkommen ein wenig Geld zur Seite legen und genug sparen, um im Jahr darauf, als Anita noch im Kibbuz Usha war, mit einer Gruppe von Freiwilligen über vierzig nach Israel zu fahren. Bis auf den Flug mussten wir für nichts aufkommen. Wir arbeiteten in einer geriatrischen Klinik in Jaffo, die uns unterbrachte und für unsere Verpflegung sorgte.

Von Freitagmittag bis Sonntag früh hatten wir frei, also nutzte ich die erstbeste Gelegenheit, um nach Haifa zu fahren, wo mich Anita am zentralen Busbahnhof abholte. Da wir uns ein ganzes Jahr lang nicht gesehen hatten, gingen wir in ein Café und schütteten uns unsere Herzen aus. Anita hatte keinerlei Absicht, nach Birmingham zurückzukehren. Sie hatte sich alles gründlich überlegt und war entschlossen, in Israel zu bleiben.

Sie verliebte sich schließlich in Barak Gabay, einen netten jungen Mann aus dem Kibbuz, und heiratete ihn. Heute ist sie israelische Staatsbürgerin. Ich fuhr selbstverständlich zur Hochzeit. Alle im Kibbuz einschließlich der Kinder halfen bei den Hochzeitsvorbereitungen. Sie liehen sich Tische und Stühle von einem anderen Kibbuz, stellten sie auf der großen Wiese auf und schmückten alles mit Lichterketten. Die Gemeinschaftsküche buk eine wunderschöne Hochzeitstorte und ich nähte das Brautkleid. Sämtliche Vorbereitungen wurden von diesen wunderbaren Menschen, die ein echter Sinn für Gemeinschaft verbindet, in ihrer Freizeit getroffen, während sie untertags wie gewohnt ihrer Arbeit nachgingen.

Anita und Barak im Kibbuz Usha
Israel, 1992

Alexander im Alter von 19 Jahren
In Israel als Freiwilliger für ein Jahr

Meine Enkelkinder Udi und Oren

Am 29. März 1996 wurde mein Enkel Ehud geboren. Wir nennen ihn Udi. Ich wünschte mir so sehr, meine Eltern wären hier und könnten ihn sehen! Es tut mir weh, wenn ich daran denke, dass meine Mutter nie von ihrer Enkeltochter wissen wird, die israelische Staatsbürgerin ist. Und dass sie es nicht erleben durfte, dass Juden heute die Hatikwah nicht mehr im Geheimen, sondern stolz und selbstbewusst als ihre Nationalhymne singen.

Heute wohne ich wieder in North London. Ich habe eine hübsche Wohnung in einem großen alten Haus, in dem fast ausschließlich ehemalige Flüchtlinge wohnen, die aus allen Ländern Europas vor Hitlers Gestapo hierher geflohen sind.

Seit ich im Ruhestand bin, kann ich über meine Zeit frei verfügen. Ich bin dem Holocaust Survivors' Centre beigetreten, einer sozialen Einrichtung, die alle möglichen Aktivitäten anbietet und in der ich mich mit Dingen beschäftigen kann, für die ich früher keine Zeit hatte. Hier können wir endlich über unsere Vergangenheit sprechen und uns den Schmerz von der Seele reden. Wir haben alle ein ähnliches Schicksal erlitten und verstehen einander.

Am 22. Oktober 1998 kam meine Enkeltochter Oren zur Welt.

TOD AUS WILLKÜR

Im Archiv der KZ-Gedenkstätte Mauthausen findet sich folgender Bericht, der auf die Umstände des Todes von Magda Hochhauser Bezug nimmt:

So liefen unsere Tage bis zu einem schrecklichen Unglück am 11.1.1945. Wie üblich gingen wir damals in der Dunkelheit zur Arbeit. Unterwegs, zwischen Pettighofen und Lenzing, mussten wir einen unbewachten Bahnübergang überqueren. Es lag viel Schnee auf dem Weg und wir hörten schon von weitem einen laut pfeifenden Zug. Ich marschierte in einer 5-er Reihe, eher am Schluss der Kolonne. Der Zug kam von der linken Seite auf uns zu. Mit Aufrufen wie „Alle müssen vor dem Zug die Geleise passieren!" und „Die Kolonne darf sich nicht trennen!", trieben uns die Aufseherinnen zu einem noch höheren Tempo an. Die Aufseherinnen, die am Ende der Kolonne mitmarschierten, sahen vermutlich, dass dies jedoch kaum zu schaffen war. Sie schrien „Halt!", was manche, die es hörten und verstanden, befolgten. Ich selber kam noch im Laufschritt über die Geleise. Wir wurden angehalten und mussten lange stehen bleiben. Dann wurden wir in eine Baracke des Fabrikareals geführt. Erst dort begannen die Kolleginnen zu flüstern, der Zug habe jemanden überfahren.

Als wir spät am Abend in das Lager zurückkehrten, erwartete mich dort meine Schwester (sie arbeitete in der Krankenstube) mit groß aufgerissenen Augen und ganz außer sich. Sie hatte vernommen, dass der Zug in eine ganze Reihe der Mädchen gerast sei und alle fünf in den Tod gerissen habe. Nach der Nachrichte wurden die verstümmelten und blutverschmierten Leichenteile ins Lager gebracht. Wie mich meine Schwester 47 Jahre später wissen ließ, dachte sie dabei, auch meinen Schuh auf einem abgerissenen Fuß gesehen zu haben. Bis zum Abend nahm meine Schwester an, dass ich unter den Opfern war. Als wir am Abend lebend zurückkamen, starrte sie mich daher gleichzeitig geschockt und mit großer Freude an.

Meine Freundin, die an dem Tag wegen einer Erkrankung im Lager bleiben durfte, meldete sich freiwillig, um Hilfe zu leisten, als nicht lange nach dem Abmarsch der Arbeitskolonne die Nachrichte von einem Unglück kam. Sie hatte keine Ahnung, was geschehen war. Die Hilfstruppe nahm einen großen Schlitten mit, sie sammelten damit die ganz verstümmelten Leichenteile ein und transportierten sie damit in das Lager. Später wurden die Überreste in Särge gegeben, die man besorgt hatte. Die Identität sowie die Nationalität der getöteten Mädchen blieb unbekannt.

Auszug aus dem Frauenzugangsbuch des Konzentrationslagers Mauthausen

DAS LIED

Das jiddische Mame-Lied kann man singen,
wenn die Mutter lange genug lebte, um alt zu werden.
Meine Mutter wurde im Holocaust ermordet.
Kein weißes Haar war zu sehen,
als sie ihr in Auschwitz den Kopf rasierten.
Sie war eine junge Frau, erst fünfunddreißig.
Die Erinnerung bricht mir das Herz.
Es gibt Wunden, die auch die Zeit nicht heilen kann.

Klara Parker